– Marie Antonini –

SINGULARITÉS GOURMANDES

(ET LEURS RECETTES)

Nouvelles

Image de couverture Stéphanie Vantard

© 2023 Marie Antonini
Édition : BoD - Books on Demand, info@bod.fr
Impression : BoD – Books on Demand, In de Tarpen 42,
Norderstedt (Allemagne)
Impression à la demande
ISBN : **978-2-3225-0369-8**
Dépôt légal : Octobre 2023

J'ai l'habitude de dire d'elle qu'elle écrit des romans-thérapies ou encore des recueils-thérapeutiques. Lorsqu'on ouvre l'un de ses ouvrages, on est assailli par des vagues d'émotions, de rires, de larmes, de surprises. Quand on le referme, on se sent bien, ragaillardi, rassuré, consolé. Le monde alentour vous paraît meilleur.

Mais Marie a d'autres cordes à son arc, elle bricole, elle lit… Elle cuisine !

Ce nouveau recueil vous emmène encore une fois dans le monde des émotions, avec en prime les odeurs, les saveurs de recettes gourmandes et délicieuses.

Ouvrez ce livre comme on entre dans une cuisine. Préparez vos yeux et vos papilles. Munissez-vous d'un tiers de sentiments, d'un tiers d'amusement et d'un tiers de fantaisie. Ajoutez-y un soupçon d'étrangeté, quelques gousses d'amour, à peine de nostalgie et agrémentez d'une pincée de folie. Mélangez bien le tout avec calme et sérénité. Si vous avez bien suivi, avec délectation, le fil de ce recueil, vous obtiendrez un dessert de bonheur, à partager avec ceux qui vous entourent…

Bonne dégustation littéraire !

Nathalie-Faure-Lombardot

Préface

Quand Marie m'a demandé d'écrire la préface de ce recueil, je me suis sentie d'abord honorée, ensuite reconnaissante, et finalement anxieuse. Comment vous parler de cette auteure dont j'apprécie l'écriture, avec laquelle je partage cette même passion et qui est devenue mon amie, sans trop l'encenser, mais tout en lui rendant les hommages qu'elle mérite ?

Marie, c'est quelqu'un qui vous fait découvrir et aimer le théâtre, qui sait parler aux tout petits, les amuser, les rassurer. Elle est capable de dessiner des nuages, de vous apprendre à danser une valse à trois temps, de vous parler de l'enfance, mais aussi de vous emmener sur des chemins singuliers, vous parler de l'invisible sans vous le faire craindre.

Marie, c'est tout d'abord une femme douce et forte à la fois, qui paraît fragile, mais qui est capable de déplacer des montagnes quand il le faut. Cependant, elle reste une thérapeute, une guérisseuse de l'âme et la retraite n'y change rien.

Avant-propos

Depuis quelque temps, je rêvais de mêler les nourritures de l'esprit aux nourritures du corps, voilà qui est fait !

Mes nouvelles, souvent brèves et curieuses, délivreront des recettes simples à réaliser.

Des amuse-bouches de l'apéritif jusqu'aux desserts savoureux, j'ai sélectionné des recettes souvent créées ou adaptées et dont les ingrédients se trouvent dans toutes les épiceries.

Notez cependant que les plats principaux sont végétariens, vous ne cuisinerez ni aloyau de bœuf ni cuisses de canard !!

Je vous souhaite une joyeuse lecture et un bon appétit !

À tous les curieux, les gourmands,
à ma famille et à mes fidèles lecteurs.

« Il faut être ivre, tout est là : c'est l'unique question pour ne pas sentir l'horrible fardeau du temps qui brise vos épaules et vous penche vers la terre, il faut vous enivrer sans cesse. Mais de quoi ? De vin, de bonne chère, de poésie ou de vertu, à votre guise,
mais enivrez-vous ! »

Baudelaire

Ingrid et ses apéros

Elle savait qu'elle n'aurait jamais dû accepter ce défi. Mais voilà, son côté provocateur avait eu raison de sa prudence. Même si elle s'était entraînée depuis maintenant six mois, se retrouver à soixante mètres de haut en surplomb des gorges, sur une sangle de highline, n'était pas vraiment prévu. Mika avait dit : « Profite du paysage, ma chérie ! » Il plaisantait, bien sûr.

J'étais morte de peur. Sur la slackline, en salle, j'étais montée graduellement, en commençant par trente centimètres, puis cinquante. Le jour où les copains avaient tendu la courroie à un mètre vingt, je tremblais comme une feuille. Et là, j'étais terrorisée, à cette hauteur vertigineuse, je devais parcourir les cinquante-cinq mètres qui me séparaient de mes amis. Je les entendais m'encourager au loin. Je m'interdisais de les regarder. Un pied devant l'autre, glissements, un pied devant l'autre. De temps en temps ma main droite vérifiait machinalement l'attache du baudrier. J'avançais timidement, des gouttes de transpiration me dégoulinaient le long du dos. Je lançais mes pieds avec une lenteur appliquée, j'oscillais puis me redressais. Les bras écartés, je me repassais les phrases encourageantes de mes formateurs : « Laisse tes bras bien tendus, dans le prolongement des épaules, ne te raidis pas, sois souple dans ton corps et cale bien ta respiration sur tes déplacements ! »

Parfois, je risquais un coup d'œil en bas. C'était magnifique, le vert des forêts, le gris-bleu du torrent serpentant en dessous de moi, véritables camaïeux d'une palette de peintre. Pour éviter à mes jambes de tétaniser, j'essayais d'amener mon esprit à divaguer gentiment, tout en restant concentrée. Les copains avaient promis une fête à mon arrivée, ils avaient loué un gîte et s'étaient occupés d'organiser un joyeux souper, à moi de préparer les amuse-gueule d'apéritif.

Un pied devant l'autre. J'avançais doucement, je pensais avoir parcouru au moins une vingtaine de mètres. J'ai fait des verrines multicolores, j'adore cuisiner des crèmes de légumes et alterner dans des verres de jolies couleurs. Tout cela attendait déjà dans le réfrigérateur de la ferme. Des crackers de mon invention patientaient dans des boîtes en métal. Un pied devant l'autre, respirer. J'avais mal aux épaules, je me crispais. Je devais me concentrer.

Finalement, ce n'était pas si bon de laisser venir mes idées. Je percevais les voix de mes camarades, ils me prodiguaient moult conseils : « C'est bien, Ingrid ! Mais fais attention à ta tenue, songe à ton souffle, tes bras ne sont pas détendus… courage, tu as bien avancé ! »

Un vent frais se leva, je sentais la slackline bouger légèrement, j'appelai mentalement ma mère à mon secours, comme si elle y pouvait quelque chose. Elle avait été furieuse quand elle avait appris mon projet. À cet instant, je pensais : « Tu avais raison maman, je me demande bien ce que je fais ici ! Mais je n'ai plus le choix, je suis à mi-parcours, je dois y aller coûte que coûte. Dire que certains sportifs bondissent et font des sauts périlleux lors de leur traversée, et moi, je serre les fesses, j'ose à peine baisser le regard et je prie pour atteindre la rive le plus vite possible ! »

Encore un effort, me dis-je. Le vent semblait s'apaiser et plus j'avançais, plus je prenais de l'assurance. Mika m'avait prévenue : « Ce n'est pas parce que tout se passe bien que c'est gagné, fais gaffe tout le long ! » Alors, je restais prudente. Un pied devant l'autre et respirer. Les gars étaient proches à présent, ils sautaient de joie et criaient en se tapant les clavicules. Plus qu'une dizaine de mètres et le sol n'était plus très loin. Ma respiration se libérait, mes épaules douloureuses se relâchaient. J'étais trempée de chaud et épuisée. Mika m'accueillit contre son large torse, je riais et pleurais à la fois. De gros sanglots secouaient mon corps, en haletant je dis : « Je l'ai fait, les mecs, je l'ai fait, j'ai réussi ! »

Le baudrier détaché, je m'écroulai sur l'herbe, je n'avais plus de jambes. Christophe m'offrit un grand verre d'eau. Avec un clin d'œil, il ajouta que le champagne attendait au frais, mais qu'une douche ne serait pas du luxe. Je ris cette fois de bon cœur, c'est vrai que j'empestais.

Nous regagnâmes les voitures, je me laissai tomber sur le siège et fermai les yeux.

Mon aventure a été filmée, je garderai un bon souvenir de cet exploit que je ne suis pas près de réitérer !

Une heure plus tard, je faisais mon entrée dans la salle du gîte sous les applaudissements des amis. Anaïs m'embrassa en me traitant de tarée, Marine m'offrit une rose en soupirant que jamais, oh non, jamais elle ne ferait un truc aussi dingue. Je riais, j'étais comme dans un brouillard, un état second. D'après Mika, c'était un genre de choc, mais rien de grave. Je bus une coupe de champagne et aussitôt j'eus la sensation d'être très saoule. Je me précipitai en cuisine pour apporter mes verrines et mes amuse-gueule. Il y eut des « oh ! et des ah ! » J'avoue que mes plateaux étaient joliment colorés et appétissants. Trente minutes après, presque tout avait disparu, Mika chuchota à mon oreille que tout était magnifique et délicieux. Nous mangeâmes ensuite au milieu des rires et des plaisanteries de chacun. J'étais épuisée et il me tardait d'aller m'allonger sur un lit au calme. J'abandonnai mes amis dès vingt-trois heures et m'écroulai sur la couchette de la chambre la plus éloignée. Les autres chahutaient et dansaient au loin, mais je ne les entendais plus.

Dans mon rêve, je me déplaçais sur un fil, très haut, au-dessus des nuages… Tout était cotonneux et bleu, je sautillais sur mon câble, très à l'aise et les villages en bas paraissaient minuscules. Je riais, funambule solitaire du ciel. Je sentis Mika se glisser dans le lit à mes côtés. Je changeai de position, et repris ma marche dans les airs.

Au matin, nous fûmes réveillés par un malicieux rayon de soleil chatouillant nos narines. Mika me serra contre lui, j'avais envie que ce moment ne s'arrêtât jamais. Je me levai ensuite, joyeuse et encore heureuse de mon exploit !

Clémence et les pestos aux herbes sauvages

Marre de tout ce fatras, ras-le-bol des routines !! Clémence craquait. Sur la route, traversant le bois un peu trop vite, elle se demandait ce qui la retenait dans cette vie. Mathieu l'avait quittée depuis trois mois, son boulot lui sortait par les yeux et son amie Lily venait de lui annoncer son départ pour le Québec. Elle frappa le volant rageusement en hurlant, freina d'un coup sec et s'arrêta au bord du chemin forestier. La pluie tombait, fine et glacée. Clémence fit quelques pas, sauta le fossé et s'enfonça dans le sous-bois. L'air sentait l'humidité et la mousse, elle respira profondément. Elle s'apaisait. S'adossant contre un tronc, elle ferma les yeux et réfléchit. Des larmes coulaient le long de ses joues. Elle renifla et perçut soudain qu'on l'observait. Elle se retourna et fit face à une femme âgée au regard doux et bienveillant.

— Ça ne va pas ? demanda la vieille.

— Si, si. Je… j'avais besoin de prendre l'air. Et vous, madame, il est bien tard pour se promener en forêt !

— Je cherche des herbes. Au printemps, il y en a de nombreuses à cueillir. Pour préparer des tisanes ou même à déguster.

— Ah bon ? Par exemple, il y en a ici ?

La grand-mère approcha son panier puis énuméra les différentes plantes :

— Voici des orties, elles sont la panacée. Je les mange cuisinées, j'en sèche et en consomme toute l'année. Et ça, vous connaissez ?

— Des pissenlits ? Ah, mais il y a plein de fleurs ! Lorsque j'étais enfant, je faisais des bouquets pour ma mère. Elle se moquait de moi, car j'avais les mains toutes jaunes !

— Quand elles sont en boutons, on les déguste dans les salades, c'est très bon. Elles sont très ouvertes, je vais en faire de la gelée. Et les feuilles vont être cuisinées en légumes. Ici, cette jolie plante, c'est de l'égopode. C'est délicieux cuit, en tourte ou en soupe.

— Les grandes feuilles dans ce sac, comment s'appellent-elles ?

— Ah, ça ! c'est l'ail des ours. Humez !

— En effet, ça sent très fort ! Ça s'utilise comme de l'ail normal ?

— Si l'on veut, oui. Je vais faire des pestos pour agrémenter les plats.

Clémence était ébahie devant ce panier vert. Son cerveau fonctionnait à cent à l'heure. Elle serait bien restée des heures à discuter avec cette vieille dame passionnante.

— J'aimerais connaître toutes ces plantes, vous pourriez m'apprendre à les reconnaître et à les accommoder aussi ?

— J'aurais grand plaisir à le faire ! Comment t'appelles-tu ?

— Clémence. Et vous ?

— Moi, c'est Micheline. J'habite la maison à droite à la sortie du bois. Tu ne peux pas la manquer. Viens ce samedi en début d'après-midi. Ou plutôt, non, je t'invite à manger, viens pour midi. Si tu veux tout savoir sur les herbes, il faut d'abord les savourer !

Clémence remonta dans son véhicule, le cœur plus léger. Elle démarra, mais après cinq minutes de conduite, elle commença à douter.

— Tu es folle, se dit-elle, tu ne connais pas cette femme et tu as accepté de goûter à ses préparations. Tu es dingue ou quoi !

Elle soupira puis pensa qu'elle ne risquait rien, cette Micheline avait l'air brave sous son regard doux.

Elle espéra la fin de semaine avec impatience, son travail au bureau lui l'insupportait et Lily ne l'avait pas contactée depuis son arrivée à Montréal.

Elle enfila un jean et un tee-shirt, chaussa des baskets, attrapa son coupe-vent et roula jusque chez Micheline en chantonnant. Celle-ci l'attendait devant la porte de la maisonnette. C'était une ancienne auberge, fermée depuis plus de trente ans. Clémence se fit la réflexion que c'était une chaumière de conte de fées. Elles s'embrassèrent comme de vieilles connaissances, Clémence pénétra dans la cuisine. Un délicieux parfum flottait et sa faim se fit sentir encore plus. Tout en devisant, elles s'assirent face à face. Micheline avait posé sur la table une tourte dorée et odorante. Elle annonça :

— Tourte pommes de terre, orties, égopode et ail des ours ! Et… tutoie-moi, je te prie !

— C'est très appétissant !

La vieille coupa de grosses portions et servit Clémence. Un grand silence s'installa durant lequel les deux femmes mangeaient avec application.

— C'est incroyable, cela embaume, un vrai régal !

— Tu vois, la nature est généreuse ! Pour le dessert, j'ai préparé une crème à la reine des prés.

— Je ne sais pas ce que c'est…

— C'est une fleur qui pousse dans les terrains humides, en bordure des fossés. Son arôme oscille entre la vanille et le caramel. Et en tisane, c'est excellent pour drainer, elle est diurétique et même soulage les maux de tête ! Alors, cette crème, tu en penses quoi ?

— Mmm, j'adore ! J'hésite entre caramel et plutôt cannelle que vanille, non ?

— C'est vrai que celle-ci est très parfumée. Après le repas, je te propose de partir en récolte, et au retour nous préparerons ensemble différentes recettes.

— Mais, cela ne t'ennuie pas de divulguer tes secrets ?

— Bien au contraire, je suis sûre que tu en feras bon usage !

Elles passèrent l'après-midi à travers les bois, cueillant, froissant, goûtant, tantôt des feuilles précoces, tantôt des fleurs craquantes et sucrées. Au retour, Clémence nota les différentes recettes, puis elles firent mijoter, sauter, revenir leurs plantes. Clémence riait, écrivait, savourait, Micheline souriait en songeant que leurs deux solitudes avaient trouvé une harmonie et que ses connaissances ne s'éteindraient pas avec elle.

De retour chez elle, Clémence savait ce que serait son avenir. Elle allait encore y réfléchir, mais l'initiative de Micheline l'avait immédiatement emballée. Remettre l'auberge en état et y proposer des plats simples à base de plantes sauvages. Elles pourraient toutes deux travailler sur place, l'ancienne, passeuse de recettes et conseillère, et la jeune, pour l'accueil, la cuisine et le service. Ce projet lui faisait battre le cœur. Ne t'emballe pas, se disait-elle, pour aussitôt penser : on pourrait offrir des tartines d'herbes et de différents pestos, des pâtes à l'ail des ours, des desserts aux fleurs. Cette nuit-là, elle ne trouva pas le sommeil tant elle fut excitée.

Six mois plus tard, l'auberge fut inaugurée par le maire du village. Le buffet époustoufla tous les invités. En quelques semaines, Clémence était devenue une fine cuisinière et une créatrice de génie. Avec Micheline, elle composait une équipe dynamique et talentueuse. Les tartines aux herbes sauvages et tomates séchées figuraient en haut de la carte, puis la tourte pommes de terre ortie égopode, le velouté de courge au pesto d'ail des ours, les œufs mollets à la fricassée de pissenlit et les desserts, crèmes et glaces aux fleurs, biscuits parfumés à la rose ou à la lavande. Les idées fusaient dans les deux têtes, et durant les heures de fermeture, elles testaient, innovaient, souvent en chantant à tue-tête et en riant de leurs échecs. Car il y en avait parfois, des échecs. Des saveurs trop amères, des plantes trop sèches devenues filandreuses. Elles ne se décourageaient pas pour autant, et l'automne venu, elles ajoutèrent les champignons des bois à leurs créations.

L'auberge connut un vif succès, et si vous passez par là, n'hésitez pas à y entrer et à déguster les tartines de Clémence !

La soupe aux orties de Blanche

Cet hiver-là fut glacial, épouvantable. Il décima une partie de la population du village. Des hommes et des bêtes, épuisés de lutter contre le froid s'endormirent pour toujours. On vit même des loups affamés et maigres rôder autour des chaumières.

L'ambiance était lugubre, les enfants avaient interdiction de jouer dans la neige de peur d'attraper un mal irrémédiable. Auprès de l'âtre, ils s'amusaient avec quelques morceaux de bois ou de vieux chiffons.

Ce matin de décembre, Bertheline découvrit son pot à eau fêlé de bas en haut. La température de la nuit était descendue à moins vingt-huit et son feu s'était éteint dans l'obscurité polaire. Elle frissonna, s'enveloppa dans un châle de laine et s'empressa de rallumer la cheminée. Il restait un tison dans un coin, elle souffla dessus, ajouta quelques brindilles ramassées durant l'automne et après quelques minutes, une flamme discrète et rassurante apparut. Elle soupira, s'empara de la cruche, écarta délicatement la fente de la poterie, récupéra le glaçon qu'elle jeta dans sa marmite. Elle rapprocha alors avec douceur les deux parties du pot puis elle les colmata avec une terre rouge pour les souder.

Bertheline vivait au cœur de la forêt, seule depuis le décès de son époux en 1310. Un hiver comme celui-ci avait eu raison de ce bûcheron pourtant puissant et fort. Il avait subi un refroidissement en coupant les arbres du château et était mort après une semaine d'agonie. Bertheline avait tout tenté pour sauver son homme : décoctions, onguents, tisanes, cataplasmes et même sangsues, rien n'y fit et le pauvre Guillaume partit rejoindre ses ancêtres dans d'affreuses souffrances.

Ensemble, ils avaient eu six enfants, trois seulement vécurent. L'aîné, Grégoire, forgeron au village était marié depuis quatre ans. Constance était restée dans la région, elle eut la chance de trouver un emploi aux cuisines du château et de loger avec les autres domestiques. Quant à Lothaire, il fut nécessaire de l'envoyer au monastère du Pralet, à quelques lieues de la forêt, Bertheline ne pouvant pas nourrir une bouche de plus.

Ils ne rendaient pas souvent visite à leur mère, estimant sans doute qu'à son âge elle pouvait encore se déplacer. Après tout, elle n'était pas si vieille ! Grégoire était né le jour de ses seize printemps, Constance, l'année suivante et Lothaire était arrivé après la mort des jumeaux, Blanche et Arthur.

Cependant, à moins de quarante ans, Bertheline ressentait parfois plus sévèrement l'isolement, surtout en cette dure saison. Il lui tardait les moments plus cléments afin de reprendre ses cueillettes de simples, racines et écorces qui lui permettaient de préparer ses divers remèdes qu'elle irait proposer au village. Là-bas, chacun sait ce qu'il faut pour les maux de ventre, les coliques du petit dernier ou encore la bronchite du vieux. L'hiver, elle façonnait des pots et des écuelles en terre qu'elle vendait à l'auberge et sur le marché dès le printemps. Ces jours de rencontres, elle troquait, échangeait, cela lui permettait de vivre et de bien manger.

Certains villageois s'aventuraient parfois jusque dans la forêt. S'ils manquaient de tisanes pour un enfant ou un ancien, fiévreux, ils parcouraient le chemin, sachant que chez Bertheline, on trouvait des médicaments et du réconfort. L'accoucheuse restait la plus fidèle à l'herboriste, comme elle aimait à dire. Gondrane venait chaque mois pour quérir des feuilles de framboisiers, celles-ci assouplissaient l'utérus pendant l'expulsion. Elle entassait dans son panier des sacs de mélisse réputée apaisante, et quelques orties séchées pour fortifier la maman et apporter des vitamines au lait. Les deux femmes passaient de longues après-midi à deviser sur la bourgade et sur les dernières nouvelles. Gondrane était aussi une avorteuse.

Bertheline lui procurait quelques plantes afin de faire revenir les menstrues. Elle aurait tant aimé former une jeune fille du village à ses connaissances médicales. Mais les gens la traitaient de sorcière, sans doute à cause des plumes et des étrangetés qu'elle installait autour de sa chaumière et dont elle seule savait la raison !
Elle se disait que son savoir disparaîtrait avec elle.

Elle perçut un son au loin. Méfiante, elle se munit d'un bâton et resta cachée derrière la porte. Par deux fois déjà, elle avait dû se défendre contre des brigands de passage. Sa jeunesse et sa force vinrent à bout des malfrats qui se sauvèrent sous les coups. Elle hasarda un œil par une ouverture, elle entendait des voix. Elle patienta, puis découvrit deux silhouettes, une grande et une petite. Elle se détendit et rangea le gourdin dans un coin de la pièce, elle ne risquait rien d'un enfant flanqué d'un de ses parents. Elle guetta à nouveau et surprise se redressa vivement. Son Grégoire ! Son fils accompagné d'une fillette. Mais que diable venait-il faire par ici ? Elle ne l'avait pas revu depuis son mariage.

Elle sortit et les attendit. La gamine se cachait derrière l'adulte. Grégoire se racla la gorge :

— Bonjour mère, vous avez l'air en forme malgré ce temps glacial.

— Mon Grégoire, mais c'est de la folie de faire le chemin avec ce climat… et un enfant !

— C'est ta petite-fille, on l'a appelée Blanche !

— Entrez au chaud, il y a un bon feu et de la soupe aux orties !

Blanche ne parlait pas, son visage violacé par le froid restait impassible devant sa grand-mère. À l'intérieur malgré tout, elle parut s'animer, elle scruta les plantes séchant au plafond, les fioles colorées sur l'étagère. Elle déambula dans la pièce en observant tout ce qui était autour d'elle. Pendant ce temps, Grégoire racontait la mort de sa femme le mois précédent, ses difficultés à travailler et à s'occuper de Blanche. Il comptait sur Bertheline pour garder et élever la fillette. Il se remarierait, c'est sûr, et il préférait qu'elle soit avec sa grand-maman, plutôt qu'avec une marâtre.

Bertheline admirait la petite, le cœur joyeux. Bien sûr qu'elle allait la prendre avec elle, elle lui enseignerait tout ce qu'elle maîtrisait. À cet instant, elle l'observait dévorer la soupe aux orties. Elle semblait se régaler vraiment. Grégoire, de même, avalait de grosses cuillerées et léchait sa moustache.

Blanche leva ses yeux sur l'adulte et prononça d'une frêle voix :

— M'apprendrez-vous à préparer cette soupe, Grand-maman ?

Bertheline répondit :

— Mais oui, cela et bien d'autres choses, mon enfant !

Le cœur de la vieille dame dansa de joie, cette petite sera son aide, son double, en croisant son regard, elle devina que celle-ci serait une magnifique sorcière. Elle dit à son fils qu'elle prendrait soin de Blanche, et qu'elle espérait qu'il leur ferait des visites régulières. Il lui raconta ensuite la mort du roi Philippe le Bel deux mois auparavant imaginant que, sans doute, un de ses fils lui succéderait. Grégoire ignorait le reste, les nouvelles allaient si lentement au royaume de France.

Les années passèrent, Blanche devint une jolie jeune femme et une parfaite soigneuse. Elle connaissait toutes les plantes de la forêt, en savait tous les usages. Elle préparait chaque soir la fameuse soupe aux orties et souvent, en offrait aux pauvres bougres fréquentant le chemin. Bertheline vieillissait rassurée et aimée, elle adorait sa petite-fille qui lui rendait bien cet amour.

Au moment de quitter ce monde, elle avait le cœur léger. Quand son dernier souffle s'en fut, Blanche tenait ses mains et de grosses larmes coulaient sur ses joues.

Hector et la tarte à tout

Les cinq premiers jours, c'était marrant. Se retrouver en famille, plus ou moins enfermés dans l'appartement, franchement, Carole et moi, on aimait assez. Les gamins couraient dans tous les sens en criant. On avait fabriqué une tente de Touareg au milieu du salon, un amas de coussins sur lesquels on se vautrait en riant. C'était chouette. Le soir, on s'entassait sur le balcon pour applaudir le personnel soignant. On se faisait coucou d'une terrasse à l'autre. Cette effervescence masquait notre inquiétude, notre peur viscérale. Qu'allions-nous devenir ? Avec Carole, on ne montrait rien. Le matin, on se connectait pour que les enfants fassent leurs devoirs, ça les éclatait de voir leurs enseignants par écran interposé. De mon côté, je travaillais par zoom. On échangeait peu avec les collègues, c'était un peu chacun pour soi. Je me faisais du souci pour ma mère, isolée dans son village, à trois cents kilomètres de moi… Évidemment, elle n'avait ni ordinateur, ni même portable, elle n'a jamais voulu en entendre parler ! Je lui téléphonais tous les jours, elle semblait perdue et ne comprenait pas bien pourquoi Mélanie, sa gentille voisine, ne passait plus la voir. Seule, l'infirmière de la ville proche lui rendait visite deux fois par semaine. Une amie de Carole, habitant quelques maisons plus loin, déposait les courses que je lui commandais. Durant nos conversations, je sentais ses angoisses et son isolement. J'avais beau lui répéter de ne pas regarder les informations, elle ne manquait ni celles de treize heures ni celles de vingt heures. Ce matraquage médiatique finira par la tuer, je le crains.

Donc, au bout d'une semaine, je commençais à tourner en rond. Nous mitonnions chacun notre tour, Carole et moi. Ada aimait les légumes, Gaspard les détestait. Gaspard adorait le jambon, Ada avait des haut-le-cœur en le voyant. Ça devenait compliqué de concocter des menus pour ces jeunes gens, et j'avoue ne pas être un crac en cuisine. Carole non plus. Ce qu'elle préfère, c'est créer. Quand elle en avait assez des cris, elle filait dans son atelier au fond de l'appartement, et, casque sur les oreilles, elle peignait. Parfois je râlais de la situation, et j'allumais la télé que l'on regardait les gamins et moi, avachis sur les coussins sous notre ciel de toile.

Le soir, on se faisait livrer des pizzas ou des raviolis chinois, pour le plus grand bonheur des enfants. Mais cela ne pouvait pas durer. Un matin, Carole se leva, déterminée. Elle nous annonça que nous allions sortir.

— Après tout, on a l'autorisation de marcher à un kilomètre, alors, profitons-en !

On s'équipa, le soleil brillait, Ada voulut porter sa casquette licorne rose et Gaspard son tee-shirt de Mbappé. Nous empruntâmes l'ascenseur, non sans avoir préalablement désinfecté les interrupteurs et poignées. Gel sur les huit mains en entrant et en sortant. Ada est une miss touche-à-tout !

Cela semblait étrange de marcher sur le trottoir. Carole s'écartait d'un mètre ou plus, dès qu'elle croisait des gens. Elle vaporisait des huiles à tout va, la rue était parfumée à la lavande. Je la sommai de cesser, mais je lisais la panique dans ses yeux quand elle apercevait quelqu'un. Nous arrivâmes en vue du square, Gaspard cria à sa sœur :

— Viens, on va faire de la balançoire !

Il s'arrêta net devant la porte, du rubalise était enroulé autour des grilles et tout semblait abandonné. Il se mit à pleurer. Je le serrai dans mes bras et lui promis de fabriquer une balançoire à l'appartement. Au moment où je lui parlais, je sentais le regard plein de reproches de Carole. Elle me glissa à l'oreille :

— Une balançoire à l'appartement ! Et pourquoi pas un toboggan, une grande roue aussi ?

— Oui, je sais, à peine, avais-je prononcé ces mots que je les regrettais…

— Eh bien, débrouille-toi !

Un policier nous arrêta en nous demandant l'autorisation de sortie. Je la cherchai dans mes poches et en relevant la tête, je vis avec stupéfaction que Carole aspergeait le flic d'huiles essentielles. Il recula, toussa en lisant les papiers.

— Faites demi-tour maintenant, vous êtes à plus d'un kilomètre de votre adresse.

Nous rebroussâmes chemin. Ada sautait comme un cabri en répétant :

— Papa va fabriquer une balançoire ! Papa va fabriquer une balançoire !

Le regard de Carole !

En passant devant la petite épicerie de notre quartier, je proposai :

— Et si je cuisinais quelque chose ce soir ?

Ada :

— Oui ! Une pizza !

Gaspard :

— Une tarte au fromage !

Carole :

— Euh, tu es sûr que c'est une bonne idée ?

J'entrai dans le magasin, non sans avoir au préalable frictionné mes mains au gel, deux fois. Comme dit ma femme, on n'est jamais assez prudent !

J'errai entre les rayons. J'attrapai une boîte de champignons, une courgette, quelques tomates, des œufs et de la farine. Je sortis avec les paquets sur les bras. En sautant, Gaspard cria :

— C'est quoi, papa, c'est pour la tarte au fromage ?

Ada tira sur mon tee-shirt :

— Nan ! Pizza !

Je ris et leur répondis qu'ils verraient bien. Après désinfection des mains avant et après l'ascenseur, nous rentrâmes enfin à l'appartement. Une heure de sortie, j'étais éreinté. J'espérais surtout que les gamins oublieraient ma stupide promesse. J'avais à peine posé les provisions que Garspard hurlait :

— Papa, et si tu faisais la balançoire sous la tente ?

Carole s'éloigna en direction de son atelier en clignant des yeux, elle chantonnait.

Je réfléchissais à cent à l'heure. Je consultai internet et victoire, je trouvai la solution. Corde de montagnard, crochets et ancien rehausseur enfant. Je fixai les crochets au chambranle de la chambre des petits, accrochai le cordon de varappe après le rehausseur, puis aux crochets, je réglai la hauteur et le tour était joué. Les deux bambins étaient fous de joie et j'allai toquer à la porte de l'atelier.

— Si madame veut se donner la peine de voir la balançoire !

Elle me suivit et son regard admiratif me réchauffa le cœur.

— Si ton souper est aussi impressionnant que ce jeu, tu seras définitivement mon héros !!

Pendant que les petits s'amusaient, je pensais à ma mère, là-bas au village. Je me souvins qu'elle nous concoctait des tartes qu'elle appelait « tarte à tout ». Je me décidai donc à préparer une tarte à tout !

Je sortis la farine, la margarine, le sel, un peu d'eau. Bien mélanger et former une boule. Merci internet ! Pâte brisée, c'était facile.

J'étalai la pâte un peu maladroitement, mais finalement, elle paraissait bien répartie sur la tôle.

Je râpai du fromage en pensant à Gaspard. Je fis rissoler un oignon et la courgette émincée, après avoir égoutté les champignons, je les jetai dans la poêle avec deux tomates. Je salai et poivrai.

J'entendis un :

— Mmm, ça sent bon !

Je cassai deux œufs, je les mélangeai avec de la crème fraîche. Ouf, il en restait !

Sur ma pâte, je versai les légumes, je couvris de fromage râpé, puis coulai l'appareil avec œufs et crème. J'enfournai ma tarte et réglai le minuteur. Je me connais, si je me mets à bouquiner, mon plat sera brûlé. Je m'installai sur les coussins en espérant être tranquille une demi-heure. À peine cinq minutes furent-elles passées que deux bolides me sautèrent dessus. On joua à la bagarre jusqu'au moment ou je perçus le ding du téléphone. Je me précipitai à la cuisine, la tarte à tout était dorée et parfumait tout l'appartement. Carole sortit de son atelier. On choisit de la déguster sous la tente, à condition de ne pas en répandre partout. Elle était délicieuse. Ada me jeta un regard admiratif et dit :

— Demain, tu referas une tartatout ?

Nous avons éclaté de rire. Lorsque les enfants furent endormis, nous décidâmes de nous installer, une fois n'étant pas coutume, devant les informations. Il faut avouer que les dernières nouvelles étaient moins moroses, nous allions pouvoir sortir plus longtemps et plus loin. Ce qui voulait dire que Carole pourrait rendre visite à ses géniteurs, avec beaucoup de précautions, évidemment !

Elle m'observa en silence puis en faisant un clin d'œil ajouta :

— Je vais enfin pouvoir dire à mes parents que j'ai épousé un héros ! Tu es mon héros ! Et elle m'embrassa.

Le bourguignon de Lætitia

Madame de Fontagne était une pimbêche, tout le monde savait ça. Aussi, lorsqu'elle rencontra Lætitia ce jour-là, juste au croisement de la rue Barbier avec la rue Rousseau, c'est avec condescendance qu'elle s'adressa à la jeune femme. La Fontagne avait revêtu un mignon manteau de cuir beige, sa coiffure était impeccable, des escarpins Stiletto chaussaient ses adorables petons et de son carré ne dépassait aucun cheveu !

Lætitia, quant à elle, marchait rapidement, elle devait faire quelques courses pour le repas du lendemain. Sa mère avait invité des collègues de travail et elle lui avait demandé si elle pouvait préparer son fameux bourguignon de champignons. Il faisait frais ce soir, elle avait enfilé un lainage élimé par endroit, mais si chaud qu'elle peinait à s'en séparer !

— Bonsoir chère petite ! Comment allez-vous ?

— Très bien, madame, et vous-même ?

Lætitia fulminait intérieurement, cette vieille mijaurée allait encore la retarder en lui parlant de son aînée. Soline avait le même âge que Lætitia, elles avaient été un peu copines étant enfants, puis la benjamine de la châtelaine avait suivi des études supérieures alors que la pauvre Lætitia entrait en apprentissage de coiffure. La jeune fille savait pertinemment que la voisine la rabaisserait, à un moment ou à un autre. Et puis, elle était pressée, le samedi en fin de journée, le magasin fermait plus tôt.

— Et ta mère, comment se porte-t-elle ?

— Elle va bien, excusez-moi, je dois me dépêcher. Je cuisine pour dix personnes demain, je file vite au supermarché !

— Tu cuisines ? Oh, je l'ignorais, je pensais que tu ne savais faire que les mises en plis !

— On ne fait plus de mise en plis à notre époque, madame ! rétorqua Lætitia d'un ton sec.

— Que vas-tu préparer à tes invités, je suis curieuse, n'est-ce pas ? renchérit madame de Fontagne en secouant son carré décoloré.

Lætitia n'avait pas vraiment envie de donner son menu à cette femme et ce ton mielleux l'agaçait. Mais après tout, sachant que ni elle ni sa fille gâtée n'étaient capables de cuire un œuf, elle obtempéra :

— Je vais confectionner des terrines végétales accompagnées de leurs crudités. Ensuite, un bourguignon sans viande et des pâtes fraîches et en dessert, une tarte Tatin.

Elle jubila devant l'air médusé de madame de Fontagne.

— Je n'en reviens pas, c'est un repas de gala que tu vas préparer.

— Vous l'ignorez sans doute, mais je donne des cours de cuisine le soir après mon travail.

La voisine, interloquée :

— Tu ? Mais qui vient à tes cours ? Je peux envoyer Marielle ? Elle n'est pas si douée, tu sais !

— Bien sûr j'en serais ravie, je l'apprécie beaucoup.

Marielle était une jeune fille de l'âge de Lætitia, arrivée en ville après le décès de sa mère. Elle cherchait du travail et avait vu cette annonce de la famille de Fontagne. Ils recrutaient une femme de ménage capable d'organiser les repas de tous les jours. Pour les grands dîners, ils prenaient un traiteur local et Marielle se contentait d'aider au service. C'est Lætitia qui la coiffait depuis son installation aux « Glycines ».

— Je suis désolée, mais je dois filer, à bientôt madame de Fontagne, dites à Marielle que je l'attends mardi soir chez moi, nous serons six pour préparer mon fameux bourguignon. Vous le dégusterez mercredi, vous aimerez, j'en suis persuadée !

Madame de Fontagne resta quelques instants stupéfaite de la tournure de la conversation. Elle se voulait autoritaire et voici qu'elle était impressionnée.

Oh, se dit-elle, j'ai toujours su que cette petite sortait du lot ! Et puis, après tout, la cuisine, ça ne vaut pas un master en sciences politiques ! Elle fit demi-tour et rentra dans sa demeure pour annoncer la nouvelle à Marielle.

Le mardi soir, Marielle et quatre autres femmes curieuses et bavardes échangeaient dans l'office de Lætitia. Puis, celle-ci distribua la recette à chacune des participantes. Elles se mirent aussitôt à éplucher, émincer, couper, on rissolait des oignons à droite et à gauche on nettoyait les champignons avec beaucoup de délicatesse. Des odeurs, des fumets délicieux se dégageaient de la cuisine. Toutes les mains voltigeaient. Lætitia chantonna, les cinq cordons-bleus reprirent le refrain. À peine le bourguignon mijotait-il que déjà la jeune femme posait le gruau, les œufs et le beurre sur le plan de travail.

Elle s'écria :

— Pendant la cuisson du plat, je vous propose de faire des sablés !

Et dans un tourbillon de tabliers rouge, jaune et vert, la farine voleta, elles pétrirent, malaxèrent et façonnèrent de délicieux gâteaux qu'elles engloutissaient encore chauds en riant !

Elles en remplirent un plein panier, ils avaient des formes amusantes : canards, lapins, kangourous, poissons, fleurs, étoiles, lunes et même bonhomme de neige et père Noël, après tout, les fêtes n'étaient pas si loin !

Flora souleva le couvercle de la casserole où mijotait le bourguignon :

— Oh, mama mia ! Ça me donne faim, c'est bientôt prêt, Laetitia ?

— Oui, encore quelques minutes, juste le temps de cuire nos pâtes et de dresser la table.

Au boulot mesdames !

Marielle mit les assiettes, Flora suivit avec les fourchettes et les couteaux, Mathilde installa les verres pendant que Chloé et Tania débouchaient les bouteilles. Une véritable ruche en effervescence, puis elles s'attablèrent en discutant. Laetitia posa la casserole fumante, Marielle se leva et s'empara du plat de pâtes, elle servit généreusement ses amies. Il y eut quelques mmm, et des miam.

— C'est délicieux, commenta Chloé la bouche pleine.

— Je doutais un peu, j'avoue, sans la viande, je craignais que cela soit fade. Eh bien, c'est un régal !

— Je vais préparer ça dès samedi prochain, ajouta Tania, j'ai des invités à surprendre ! Je ferai plutôt de la purée en accompagnement, je crois que mon amie ne mange pas de gluten !

Elles jacassèrent joyeusement, puis après avoir dégusté quelques sablés en buvant une tisane, elles se séparèrent, non sans oublier les restes de bourguignon, largement répartis dans des boîtes en plastique.

Marielle se retourna sur le palier et montrant le contenant dans son sac, elle dit en riant :

La vieille de Fontagne ne va pas en revenir, tu lui as bien fermé le caquet ! Bravo Lætitia !

Amédée et l'omelette sans œufs aux champignons

Il sentait bien qu'il était poussif, sa respiration saccadée devenait de plus en plus oppressée. Parvenant au bout du chemin, il percevait déjà les caquètements et gloussements des volailles alertées par sa venue. Il entra dans le poulailler, bouscula délicatement Dolorès, la grosse poule blanche qui se jeta dans ses jambes. Il écarta doucement d'un coup de sa botte, Calamity la rousse, très pressée d'être servie la première, quant à Zora, elle fila contre le grillage, apeurée comme aux premiers jours de son arrivée. Nénette et Gigi, noires toutes deux, vivaient leur vie en picorant le sol à la recherche du moindre ver ou insecte. Amédée lança les grains du seau en répétant inlassablement « petits, petits, petits… » Il se dirigea ensuite vers le pondoir, mais rien ne brillait dans l'obscurité de la cage. Il se retourna du côté des volailles et les réprimanda :

— Dites donc, les filles, il faudrait faire un effort et m'offrir vos œufs ! L'hiver est terminé, vous devez vous mettre au travail !

Déçu, il referma le portillon, vérifia que les abords du grillage étaient intacts. Le renard rôdait depuis plusieurs jours, Amédée restait vigilant. Il remonta lentement l'allée qui menait à la chaumière. Il remarqua de jeunes pissenlits qui cherchaient le soleil, il pensa que cela serait parfait en salade. Il poussa l'antique porte en chêne et pénétra dans la chaleur de la maison. On était en mars, mais il maintenait un feu de bois du matin au soir. Il était devenu frileux avec l'âge. Il s'assit devant la table après avoir lavé ses mains. Il mangea un morceau de pain et quelques noix en guise de petit déjeuner. Il n'avait plus de café, la boîte vide traînait sur le buffet. Ses maigres économies avaient fondu et il ne pouvait pas descendre au village sans monnaie.

L'épicière lui avait bien signifié qu'elle ne lui vendrait rien tant qu'il n'aurait pas payé ses dettes. Il attendait le début d'avril, sachant que dès la note réglée, il n'aurait rien pour remplir ses placards. Mathilde, sa fille n'était pas venue lui rendre visite depuis Noël. Avant, du temps où Maria vivait encore, elle passait tous les mois, laissant un peu d'argent sur la cheminée et bourrant le frigo de victuailles. Elle donnait une bonne excuse, la dernière fois, au téléphone, elle disait qu'elle avait tellement de travail qu'elle ne rentrait jamais avant vingt heures chez elle. Amédée comprenait bien que sa fille avait sa vie, mais parfois, il se sentait seul. Comme à cet instant. Sa Maria lui manquait. Elle était la joie de vivre, toujours à remuer quelque part, à cuisiner, planter des fleurs, coudre ou tricoter… Elle était constamment dans les projets. Et ce con qui l'avait renversée avec son 4x4 !

Il serrait les poings à cette pensée. Il ne décolérait pas. C'est aussi pour cela que Mathilde évitait de venir, elle en avait assez de l'entendre rabâcher les mêmes choses :

« Elle n'aurait pas dû sortir son vélo, c'est ma faute, ça m'aurait pris cinq minutes de l'emmener chez le médecin. Et ce salaud, si je le vois, je lui fais la peau… »

Des ruminations stériles lui avait dit sa fille. Au fond de lui, il savait qu'elle avait raison. Il se leva, ouvrit le tiroir, s'empara d'un couteau et s'en alla dans le jardin. Il attrapa un panier sous l'appentis et commença sa cueillette de pissenlits.

— Il faut bien manger, grogna-t-il.

Il récolta des orties pour la soupe du soir.

— Avec trois patates, ce sera bon pensa-t-il. Maria, elle improvisait, jamais prise de court. Avec un minimum, elle faisait beaucoup.

Soudain, il se redressa, jeta un œil au poulailler où s'affairaient les volailles.

— Je sais ! Je me souviens que Maria cuisinait une omelette sans œufs… Bigre, mais où donc est ce carnet ?

Il pénétra gaillardement dans le vestibule, lança sa veste sur une chaise et se précipita vers le bureau de sa défunte épouse.

— Tiroir de droite ? Rien. Gauche ? Ah, le cahier des recettes ! Qu'est-ce qu'elle écrivait bien !

Il tourna les pages solennellement, pour ne pas abîmer le précieux document. Soudain, il s'écria :

— La voilà ! Grand dieu, il faut tout cela ?

Il énuméra la liste des ingrédients, machinalement, il remplaçait ceci par cela…

— Après tout, cela devrait ressembler. J'ai des champignons séchés, je vais en ajouter quelques-uns.

Rasséréné, il passa le balai dans la cuisine, mit une lessive à tourner, aéra la chambre et ferma son lit en tirant les draps.

La sonnerie de la porte le surprit, c'était Max, le facteur. Il le fit entrer et s'excusa de ne pouvoir lui offrir un café. Max sortit un paquet entier et lui donna de la part de Michèle sa femme.

— Allez, j'ai un peu d'avance ce matin, coule donc deux tasses, Amédée.

— Merci, Max, c'est vraiment gentil. Mathilde doit venir, mais elle a tant de travail…

— On sait ce que c'est, les jeunes, ils ont leurs occupations !

— Les poules ne pondent plus…

— C'est la fin de l'hiver, elles vont s'y remettre !

— Ben, c'est qu'elles sont vieilles les pauvres !

— J'ai entendu que chez Marcel, ils donnent des poulettes, tu en veux, pour rafraîchir ton poulailler ?

— C'est-à-dire que je n'ai pas trop de sous…

— Mais non, il s'en débarrasse, j'te dis !

— Ah, bah, alors oui, pourquoi pas.

— Je vais y passer, il a un recommandé, je lui en parle, il te les déposera.

— Oh, une ou deux, ce serait correct !

Max remonta dans sa voiture, Amédée se resservit un café qu'il savoura, assis sur le banc devant la maison.

Il rentra et s'affaira à préparer sa fameuse omelette sans œufs.

Lorsqu'il s'installa devant son assiette, il avait grand appétit, et même si son plat n'était pas aussi réussi que celui de Maria, il se régala et n'en laissa pas une miette.

Après sa sieste, en soufflant il remonta vers les poules afin de les avertir qu'elles auraient bientôt deux nouvelles amies. Avant de les quitter, il se retourna vers Dolorès, Calamity, Zora, Nénette et Gigi qui se précipitèrent auprès de leurs congénères, il ajouta :

— Hé, les filles ! Je me suis pourléché ce midi, j'ai mangé une omelette sans œufs ! Quoi ? Vous ne me croyez pas ? Et c'est pourtant vrai ! Il descendit le chemin sans un regard pour les gallinacés interloqués et immobiles.

Boris-Brad Pitt et le tian de légumes

Je suis beau. Je ressemble à Brad Pitt. Enfin, c'est ce que tout le monde raconte. Le Brad Pitt plus jeune puisque je n'ai que vingt-six ans. Lorsque je sortais, les gens me reluquaient, les filles, surtout. Elles me lançaient des œillades. Ça me gênait beaucoup parce que je suis timide. Le médecin de famille disait à ma mère que j'étais un peureux introverti. Je rougissais quand on m'adressait la parole. Brad Pitt devenait écarlate comme une pivoine.
À l'école déjà, je souffrais de cela. Tout le monde voulait être copain avec moi, mais plus on essayait de m'approcher, plus je me renfermais sur moi-même. Maman conviait des camarades le mercredi, je filais dans ma chambre pour ne pas les voir. Après, elle n'a plus invité personne. Je sortais peu. Parfois je me forçais. Je marchais dans la rue, l'air décontracté, les mains dans les poches, et j'entendais les filles près de moi, me frôler et susurrer :

— Suis-moi, beau gosse, on pourrait passer du bon temps ensemble !

Ou

— Quel dommage de gâcher ce joli minois, je te croquerais bien, moi !

Quand j'eus mon BEP de mécanicien auto, je décidai de quitter la maison familiale et de trouver un studio en ville, proche de mon lieu de travail. Maman pleura, gémit, elle n'acceptait pas que je l'abandonne. Papa n'étant jamais là, trouva l'idée excellente.

— Mais mon chéri, que vas-tu devenir, seul, sans moi ? Comment feras-tu, tu es si…

— Fragile ? Timide ? Justement, je dois provoquer le destin. Vous ne serez pas toujours là, je dois me débrouiller.

— Oh, comment vais-je faire sans toi, mon si beau bébé ?

— J'ai vingt-trois ans, je vais m'assumer. Je gagne ma vie !

Et les questions fusaient, je me rendais compte que c'était elle qui ne voulait pas me lâcher. Elle me couvait depuis ma naissance. Elle m'étouffait. Pour vivre, pour survivre je devais absolument mettre quelques kilomètres entre nous !

Je dénichai, seul, un appartement qui collait avec mon budget. Une grande pièce, cuisine, salon, une chambre à coucher et une jolie salle de bain. J'investis dans de l'électroménager. Faire des achats sans ma mère à mes côtés m'avait tout d'abord angoissé, pour finalement me satisfaire. De son côté, elle avait insisté :

— Mon chéri, tu vas te faire arnaquer, tu es si gentil ! Je vais aller avec toi, déjà cet appartement, j'espère que le propriétaire est honnête, tu sais quoi ? Je vais me renseigner sur lui…

— Stop, maman, arrête s'il te plaît !

La vendeuse du rayon machines à laver ne me quittait pas des yeux. Au moment de remplir les formulaires, elle me glissa en souriant :

— Vous ressemblez trop à Brad Pitt, vous êtes sûr de ne pas être un de ses fils cachés ?

J'éclatai de rire en rougissant. Nous discutâmes un long moment, puis je lui demandai si elle serait d'accord de boire un café avec moi après son travail. Elle accepta sans hésiter. Je me sentis cramoisir.

Je l'attendis au bar du coin, elle arriva en souriant. Je profitai du moment où elle se débarrassait de son manteau pour la détailler. Elle était mignonne, un visage en triangle, une fossette au menton, de beaux yeux noisette et surtout, une magnifique chevelure brune bouclée. Quand elle fut installée en face de moi, je lui demandai son prénom.

— Mélissa, me répondit-elle. Je suis métisse, mais pas d'Ibiza, ajouta-t-elle en me faisant un clin d'œil. Je suis née à Besançon d'une mère française des Antilles et d'un père militaire !

— Cela nous fait un point commun, mon père est militaire, lui aussi. Il n'est jamais à la maison et maman s'accroche à moi comme une moule à son rocher… J'ai fui, car cela devenait invivable. Je crois que c'est elle qui m'a rendu sauvage et timide. Elle répète depuis que je suis tout petit : tu es si joli, on te fera du mal, je dois te protéger, et bla, et bla…

— Elle a raison, tu es diablement beau. Mais elle doit te lâcher les baskets ! Donc tu as trouvé un appartement ?

— Oui, un studio. J'y suis bien. Au départ, je m'étais dit que je ne lui donnerais pas l'adresse…

— Oh, cruel !

— Je voulais m'isoler ! Mais mon père m'a téléphoné et m'a sermonné. Et depuis, elle a déjà débarqué cinq ou six fois… en deux semaines ! Avec une boîte de gâteaux, puis de la purée, ensuite des lasagnes, une nappe pour la table et hier avec des produits ménagers. Elle s'était fourrée dans la tête de faire le grand ménage afin de me protéger des microbes !

— Waouh ! Aïe !

— Tu me comprends ? Excuse-moi de t'ennuyer avec tout cela.

Après deux heures de discussions, nous rentrâmes chacun chez soi. J'avais éteint mon téléphone pendant notre rendez-vous. En le consultant, je vis que ma mère avait appelé quatre fois en laissant des messages. J'en écoutai un, à tout hasard :

— Mais Boris, mon chéri, où es-tu, je suis si inquiète, tu devrais être chez toi, je suis passée pour déposer une part de tarte, et tu n'étais pas là !

J'effaçai les SMS, remis le son et attendis les prochains coups de fil. Ce qui ne traîna pas !

— Mais où es-tu mon fils ? Je suis morte d'angoisse !

— Maman, je vais bien, très bien même. Je me balade, je sors et j'ai rencontré une fille !

— Tu as quoi ? répliqua-t-elle d'une voix blanche.

— Une nana, rendez-vous, café, discussion, tu piges ?

— Oh lala, qui c'est ? Comment est-elle et d'où vient-elle ? Et que fait-elle comme travail ? Sois prudent mon Boris, des garces il y en a partout, et avec ton joli minois les prédatrices sont à l'affût !

— Maman, tu devrais moins regarder de polars !

— Ne dis pas ça, tu ne connais rien à la vie et encore moins aux femmes !

— Tu sais quoi m'man ? Tu me fatigues, bonsoir et bisous !

Arrivé à l'appartement, j'attendis avec appréhension de peur qu'elle ne débarque avec ses boîtes plastiques remplies de victuailles. Mais elle ne vint pas et ne téléphona pas non plus. Avec Mélissa, nous avions convenu de nous retrouver le lendemain soir chez moi. Je voulais la recevoir avec classe, elle m'avait laissé entendre qu'elle ne mangeait pas de viande. Je lui envoyai un message, peut-être consommait-elle du poisson ? La réponse fut rapide, pas de poisson non plus. Je commençai à me casser la tête pour trouver un plat sympa à cuisiner. Et pas question de demander à ma mère, ça non ! Au bout de deux heures, je n'avais rien, nada. La mort dans l'âme, une boule au ventre, je fis le numéro de Mom. Une sonnerie et hop, j'entendis déjà le « allo ! » victorieux.

— J'ai invité mon amie à souper demain soir, mais je ne sais pas quoi lui mijoter. Tu connaîtrais un bon menu d'hiver ?

— Je peux te faire une blanquette, ou un couscous ? Mais ce n'est pas un peu précipité ce tête-à-tête chez toi ?

— S'il te plaît, Mom, arrête. Et non, ce n'est pas toi qui vas préparer le repas, c'est moi ! Je veux juste une idée de plat, elle est végétarienne !

— Pff, en plus, elle est compliquée ! Attends, je réfléchis… Le tian d'hiver ? Tu sais au butternut et pommes de terre, tu adores ça et c'est très beau à voir. Mais le plus simple, c'est que je te le fa…

— Non ! Donne-moi la recette, je te prie, maman. Ce sera parfait !

— Bon… Tu es sûr ? Je la scanne et te la mail… Il n'est pas tard, je peux encore venir et t'expliquer…

— Envoie, ça ira, merci m'man ! Bisous.

Je transpirai, mais content de moi, j'allumai mon ordinateur. Le fichier était déjà arrivé. Je notai la liste des ingrédients. J'irai les acheter demain en sortant du garage et Mélissa apportera un gâteau maison.

Cela n'avait pas l'air très compliqué. J'épluchai les légumes, les oignons et l'ail, sortis un plat et commençai à disposer en alternant les tranches de butternut et de pommes de terre. Le résultat était joli. Je suivis mot à mot les consignes, enfournai, non sans oublier de verser le bouillon par-dessus, de saupoudrer d'herbes de Provence et de poivre. J'étais dans les temps, mon téléphone n'arrêtait pas de vibrer. Je pensais : calme-toi, m'man !

À dix-neuf heures trente, la sonnette de l'entrée tinta, je terminais de poser les verres, je me précipitai pour ouvrir. Ma mère se tenait sur le palier, un parapluie dégoulinant à la main.

— Que fais-tu là, maman ?

— Je viens voir si tout va bien, mon chéri !

— S'il te plaît, rentre à la maison et laisse-moi. Je gère !

— Tu ne veux pas que je jette un coup d'œil sur ton plat ?

— Mon plat est nickel, mon invitée ne va pas tarder, va-t'en… Je passerai demain !

— Ça sent bon. Tu n'as pas oublié de mettre de l'ail ?

— Non, il y a ce qu'il faut. Bonsoir maman !

Je l'embrassai et fermai la porte. Elle toqua, j'entrouvris :

— D'accord, ben, bonne soirée. Mais sois prudent !

Dix minutes plus tard, une nouvelle sonnerie résonna dans le studio, j'ouvris, Mélissa attendait. Elle portait un plat recouvert d'un torchon, son ciré noir ruisselait et l'eau coulait sur le palier.

— Qu'est-ce qu'il tombe ! Des trombes de flotte !

— Entre, viens que je te débarrasse.

Nous passâmes une délicieuse soirée, le tian fut une réussite, Mélissa adora le fondant des légumes, sa tarte aux pommes était excellente.

Et, chose incroyable, ma mère ne téléphona pas une seule fois. Avant de me coucher, je reçus un mail de mon père : « Salut fils, tu connais ta mère, elle a des difficultés pour te lâcher, tu as toujours été le centre de sa vie. Ne lui en veux pas ! J'ai discuté avec elle. Ça va aller. Je te souhaite de bonnes choses. Je t'embrasse fort ! Ps : Je vais bientôt rentrer définitivement, l'heure de la retraite a sonné !

Je suis beau, je suis Boris Brad Pitt le timide, le rougissant et j'ai une amoureuse !

Le gratin de Joséphine

La cuisine est un acte d'amour. C'est ce qu'elle a toujours pensé, Joséphine. Oui, c'est gratifiant de passer des heures à mitonner, à préparer de bons et doux aliments qui vont rendre les gens heureux. C'est leur dire : « je vous aime », leur prouver qu'ils méritent ces attentions, que le chemin de leur estomac est aussi précieux qu'une déclaration d'amour…

Joséphine fut une petite fille malheureuse. Aînée de trois enfants, elle s'occupa de la famille dès ses sept ans. Lorsqu'elle en eut huit, sa mère Clotilde mourut, et comme elle n'avait pas de père, ses sœurs et elle furent envoyées chez tante Laura. Elle n'était pas mauvaise, Laura, mais elle n'avait nullement envie de cette responsabilité malgré tout l'amour qu'elle portait à ses nièces. Elle venait d'installer son cabinet vétérinaire et avait peu de temps à consacrer aux gamines. Le lundi, elle donnait de l'argent à Joséphine :

— Voilà de quoi acheter à manger pour vous trois. Je sais que tu es suffisamment mature pour bien t'occuper des petites en rentrant de l'école !

— Oui, tata, merci.

— S'il n'y a pas assez, n'hésite pas, il n'est pas question que des enfants qui vivent sous mon toit soient mal nourris ou mal vêtus, d'accord ? Et appelle-moi Laura, pas tata !

— Oui, Laura.

— Je finirai tard ce soir, si tu as besoin de moi pour les devoirs, attends-moi quand tu auras couché les filles !

Joséphine remplit le rôle de grande sœur et petite maman à merveille. À peine de retour de l'école, elle s'affairait à la cuisine, après avoir vérifié le ménage et achevé les lessives, elle retrouvait ses casseroles avec joie. Pour allumer la plaque à induction, elle devait se hisser sur un tabouret, mais qu'importe, cela ne la dérangeait pas !

Les deux cadettes, Violette et Camille faisaient de leur mieux pour aider Joséphine, mais à cinq et trois ans, les possibilités étaient limitées !

Laura était en admiration devant cette gamine d'une telle énergie et détermination. Mais ne nous y trompons pas, Joséphine noyait son chagrin dans cette effervescence d'activités et de travail. Ses notes étaient excellentes à l'école, mais un jour, Laura reçut un courrier de l'institutrice qui l'alarma.

La fillette ne discutait pas avec les autres, elle s'isolait dans la cour ou allait se blottir auprès de ses sœurs. Le professeur parlait d'une enfant triste et renfermée.

Un soir, Laura prit sa nièce par la main et l'installa auprès d'elle sur le sofa du salon, juste à côté de Butternut, le chat tout roux. La jeune femme raconta longuement son chagrin d'avoir perdu sa Clotilde tant aimée, elle narra sa propre jeunesse avec son aînée, leurs distractions, leurs fous rires. Joséphine craqua, elle s'écroula dans le giron de sa tante, sanglota abondamment. Elles restèrent presque une heure dans les bras l'une de l'autre.

Le week-end qui suivit fut joyeux, elles jouèrent les quatre dans le jardin, improvisèrent un pique-nique sous le tilleul et y dégustèrent une salade composée créée par Joséphine.

Elle expliqua à Laura que pour ce mets, elle avait voulu une harmonie de couleurs, un camaïeu de rouge et rose au milieu du vert. Pour elle, chaque plat était une œuvre d'art qui devait satisfaire le regard avant de réjouir les papilles. Laura observait sa nièce avec de grands yeux, comment ce bout de femme de douze ans pouvait-elle déjà ressentir tant de choses ? Elle en était bouleversée. La fillette poursuivait avec emphase :

— Ce n'est pas n'importe quoi la cuisine, il y a la présentation, comme je te le disais, le choix de la spécialité, la manière dont elle a été préparée, les assaisonnements, les épices et surtout l'amour que l'on y place !

— L'amour ?

— Si tu mijotes un mets en marmonnant, c'est une vraie corvée ce boulot, je serais mieux à me promener ! ton plat ne sera pas délectable, il sera même mauvais, fade ou trop salé ! Le premier ingrédient à mettre en cuisine, c'est l'amour !

Laura admirait la gamine, si intelligente et surtout si douée.

Le temps passait, Joséphine grandissait, ses talents de cuisinière aussi. Le jour de ses quinze ans, Laura lui posa des questions, quant à son orientation.

— Je suppose que tu veux devenir chef dans un restaurant ?

— Pourquoi chef dans un restaurant ? Pour y perdre mon identité et courir après des étoiles en inventant des plats spectaculaires, sophistiqués, sans saveur ? Non, je préfère surprendre les gens par des mets simples juste avec de bons produits. Ce n'est pas parce que tu as écrit, « Roi de la basse-cour arrosé par le nectar de la province » que ce sera meilleur !

— De quoi s'agit-il ?

Joséphine hilare répondit :

— D'un coq au vin !

Elles éclatèrent de rire toutes les deux.

— Tu as raison, ma chérie !

Le jour de ses dix-neuf ans, Joséphine fut reçue au bac professionnel de cuisine. Contactée par deux grands restaurants le soir même, elle refusa leur offre sous l'œil médusé de sa tante Laura et de son mari Tom, récemment épousé.

— Mais enfin, Josy, pourquoi déclines-tu ces jobs ? Ils te correspondent, non ?

— Désolée Laura, rappelle-toi de notre conversation il y a longtemps et du coq au vin !

— Coq au vin ?

— Ou plutôt : du roi de la basse-cour arrosé par le nectar de la province !

— Oui, je me souviens. D'accord, et donc ?

— Je vais aller cuisiner pour les élèves de l'école familiale de la ville voisine ! Je suis très motivée !

— Bon, mais ce n'est pas très… comment dire, gratifiant !

— Si très ! On en reparlera !

Violette ajouta :

— Tu rêves, frangine, les ados, c'est Mac Do, tacos, pizzas, le tiercé gagnant !

— On verra, vous dis-je !

Elle entra dans la cuisine de la demi-pension début septembre. En faisant le tour de la pièce et des réserves, elle fut agréablement surprise, il y avait de quoi préparer de délicieux plats et réjouir les palais adolescents. Elle demanda à la directrice, madame Fremon, l'autorisation de rencontrer les élèves. Rendez-vous fut donné le soir même après les cours. Pour ce premier repas de midi, elle décida de cuisiner des spaghettis aux légumes. En entrée, elle confectionna des tartes au fromage et en dessert, une crème au chocolat façon « Danette ». Elle était secondée par Marjorie, une femme d'une trentaine d'années qui habitait la ville. Elle était employée à la cantine depuis cinq ans et avait connu l'ancien cuistot, aujourd'hui retraité.

— Je n'ai jamais vu de tels repas du temps de Francis Tardy !

— Que proposait-il ? Disons, en septembre l'an dernier ?

— Attends, je vais retrouver les menus, dans ce tiroir… Salade de concombre, gratin de choux-fleurs, steaks hachés, une part de camembert et une poire.

— Ce n'est pas si mal !

— Pour ramener les assiettes pleines, oui !

Les jeunes élèves dévorèrent avec appétit tout ce qui composait le repas. Joséphine entra dans la grande salle de réunion à seize heures. Trente-cinq paires de mirettes la dévisageaient. Elle se présenta, puis leur demanda d'évoquer leurs souhaits en matière de plats. Ils la regardaient avec des yeux ronds. Une gamine se leva et dit :

— Ma mère ne confectionne rien et on mange toujours les mêmes choses, j'essayerais bien des trucs qu'on voit dans les émissions de télé.

Ses camarades rirent. Josy, les interrompit :

— Oui, donne un exemple, veux-tu ?

— Un jour, il y avait un cuisinier qui faisait un gratin de courgettes. Moi, les gratins, je ne sais pas trop ce que c'est, et son truc, ça avait l'air trop bon ! Et pis, j'aime pas trop la viande, les steaks hachés, les ragoûts avec des morceaux durs ou gélatineux comme chez ma grand-mère, beurk !

— D'accord, qui veut parler ?

Un garçon leva la main :

— Moi, j'apprécie que les frites et les pizzas ! Vous en ferez ?

— Heu, peut-être, mais il y a beaucoup d'autres aliments à cuisiner !

Elle rentra dans le studio qu'elle louait à deux pas de l'école. Laura lui téléphona pour s'enquérir de cette première journée. Après une conversation rassurante de dix minutes, elles raccrochèrent toutes deux.

Joséphine décida de réserver un jour à la cuisine végétarienne. Elle adorait ce challenge : préparer un bon repas complet sans ajout de viande. Pour le premier jeudi, elle choisit de concocter son gratin de pommes de terre façon farce de lentilles et champignons. Elle expliqua à Marjorie comment serait organisé son plat. Celle-ci trouva l'idée intéressante et mit les lentilles à tremper. De son côté, Josy fit précuire les pommes de terre à la vapeur et cuisit les champignons, oignons et ails.

Une heure plus tard, une délicieuse odeur embaumait tout le rez-de-chaussée. Des tartes aux pommes refroidissaient sur le plan de travail et les flans salés tomates emmenthal attendaient d'être enfournés.

Ce premier menu végétarien connut un immense succès et le gratin devint : le gratin Joséphine !

Il arrivait que certaines assiettes fussent presque pleines, mais elle ne s'offusquait pas pour autant. Elle répétait à son assistante :

— Ils ne peuvent pas tout aimer, c'est normal.

Le dimanche, elle invitait ses sœurs, Laura et son mari à des dégustations d'essais. De nouvelles recettes qui ne demandaient qu'à être testées par des connaisseurs. Elle continuait à transmettre son amour aux autres de cette délicieuse manière !

Les galettes céréales et légumes de Joaquina

Indra épongea son front, se releva en grimaçant. Tonio hurla qu'elle devait continuer ses assouplissements, il ajouta d'une voix puissante et pleine de reproches :
— Tu es trop raide, Indra, et tu as grossi, corrige-toi, ça ne pourra durer ainsi !
Elle perçut des murmures et des rires parmi les acrobates. Elle leva la tête et son regard croisa celui de Mario, compatissant et tendre.
 Elle reprit son entraînement avec une énergie retrouvée.

Indra était une enfant de la balle, enfant unique de Vittorio et Mariana, tous deux trapézistes au cirque Luder, eux-mêmes issus de parents jongleurs, clowns, funambules ou équilibristes. La grand-mère maternelle d'Indra, Joaquina avait été une célèbre contorsionniste. Menue et incroyablement souple, elle rentrait en moins de quatre secondes dans un carton minuscule pour le public. Aujourd'hui, trop âgée, elle aidait à la couture des magnifiques costumes. Son grand plaisir était de parer sa petite fille chérie de sequins, paillettes et autres perles scintillantes. Indra n'avait qu'un désir, devenir aussi célèbre que son aïeule ! Quand elle était gamine, elle assistait à tous les entraînements de ses parents. Elle écarquillait les yeux lorsque Mariana se lançait dans le vide, tout là-haut et que Mario, tel un héros de cinéma, la rattrapait en se balançant dans les airs. Elle en perdait le souffle, priait pour que son « poupa » ne lâchât pas sa mère. Une fois, une seule fois, elle assista à un incident qui aurait pu mal se terminer. Une des mains de Mariana glissa et elle resta quelques secondes suspendue par un bras. Elle cria et se laissa tomber dans le filet quelques mètres plus bas. Son poignet demeura enflé une semaine, puis elle retourna sous le chapiteau.

Joaquina s'occupait de la cuisine. Son mari, Manolo, était parti rejoindre ses ancêtres depuis déjà cinq ans. La vaste caravane abritait toute la famille, y compris Gato, le chien d'Indra, un adorable bâtard trouvé dans un fossé aux alentours d'une ville de passage. On aurait dit que Gato les avait choisis. Il restait prostré au fond du trou, ne laissant dépasser que ses petites oreilles hérissées de poils couleur carotte. Tonio, le chef des équilibristes avait tenté de l'attraper, mais il grondait, babines retroussées dès qu'il approchait. Indra, du haut de ses douze ans, s'accroupit, appela doucement l'animal et attendit patiemment qu'il veuille s'avancer. Ce qu'il fit, d'abord timidement puis plus courageusement quand il sentit le morceau de viande dans la main de la fillette. Il la suivit, elle le baptisa « Gato » parce que, il faut le dire, en cinq minutes, il dévora la moitié du cake confectionné par Joaquina. Gato dormait avec Indra, Mariana n'approuvait pas, mais capitula face à Vittorio, Indra et Joaquina.

Indra reprit son entraînement. Elle savait qu'elle avait légèrement grossi depuis une semaine. La faute à Joaquina. Tonio était dur, implacable dans son coaching. Elle avait demandé à son père de la former et de s'occuper d'elle, mais il avait préféré la confier au chef des équilibristes.

— Je ne serais pas un bon entraîneur pour toi, ma chérie, je tremble de te voir à sept ou neuf mètres du sol, je connais suffisamment ce métier pour craindre et appréhender de te regarder là-haut !

— Mais toi, à quel âge as-tu commencé ?

— À sept ans, je grimpais déjà sur la passerelle et je me balançais au-dessus du vide.

— Comme moi ! J'avais tellement peur la première fois ! Mais Tonio crie toujours, il ne sait pas parler gentiment !

— Il est bon gars, bourru, mais brave. N'aie crainte !

C'est en repensant à cette conversation qu'elle monta sur le portique, elle comptait dans sa tête sans quitter des yeux Mario, son porteur. Elle se jeta en avant, se balança et au troisième mouvement lâcha son trapèze. Elle volait dans les airs, gracieuse et légère, elle s'accrocha aux mains de Mario, un, deux, puis trois va-et-vient et hop, elle atterrit sur sa passerelle. Son cœur battait si fort qu'elle avait peur que cela se voie. Elle repartit, se lança, un, deux et trois, les mains de Mario, un, deux et trois, retour sur le portique. Des applaudissements en bas. Elle aperçut Vittorio, Mariana et Joaquina qui ne la quittaient pas des yeux. Tonio cria :

— C'est nickel ! Encore un et vous sautez dans la nasse ! Bonne concentration, Mario ! C'est mieux, Indra.

Elle se laissa choir, c'est ce qu'elle aimait le moins, elle rebondit et rata le bord, sa mère hurla. Mais elle se reprit et réussit, peu gracieusement à s'extirper du filet. Le front luisant, elle frotta ses mains sur ses cuisses, guettant Mario. Elle avait le béguin pour lui, et ma foi, cela semblait réciproque. Mais Mariana avait dit :

— Chérie, tu n'as que quinze ans, il faut que tu patientes un peu.

Alors elle attendait d'avoir seize ou dix-sept ans ! Mario vivait seul dans une petite roulotte. Avant, il demeurait avec son père, dresseur de lions, mais il venait de mourir d'un cancer. Sa mère résidait à Paris, le cirque ne l'intéressait pas, mais le jeune homme décida de suivre l'équipe et de continuer de monter sur le portique et le trapèze. Et puis, il y avait la jolie Indra.

La nuit tombait sur les caravanes et le chapiteau, Indra terminait le rangement de sa loge, Mario fit irruption :

— Salut, Indra, c'était bien tout à l'heure, tu as bien le tempo, c'était chouette !

— Oui, ça allait. Il faut que je m'entraîne à la pirouette du filet, je déteste ça ! On croirait un panda qui a peur de descendre de son arbre !

– Ça viendra. Bon, heu, ta grand-mère m'a invité à souper… Il y aura des galettes !

— Elle fait des galettes ?! Oh, non !! Je vais encore prendre du poids !

Mario éclata de rire, vexée, elle mit ses poings sur les hanches et cria :

— Ah, ça t'amuse ! Et Tonio va me faire des remarques cinglantes !

— Si tu veux, avant le travail, on peut aller courir demain matin ?

— D'accord, j'adore les galettes de Joaquina, ce n'est pas juste !

Les lampadaires du campement illuminaient l'obscurité. Ils trouvèrent Joaquina affairée devant la caravane, elle prenait une cuillère du mélange qu'elle jetait dans une poêle huilée. Le grésillement et l'odeur qui s'échappaient de la casserole attisèrent la faim des deux jeunes gens. Sur le plat s'entassait déjà une vingtaine de boulettes dorées à souhait. Indra en subtilisa une et sa grand-mère n'eut pas le temps de réagir. Ils s'installèrent autour de la table, sous la lune, Joaquina posa la lèchefrite débordant de galettes ainsi qu'une jatte de sauce tomates relevée de piment. Gato tournait quémandant des morceaux et allant de l'un à l'autre avec un regard suppliant qui les attendrissait. Mario mordit dans la première croquette et ne put s'empêcher de faire un « Miam » qui amusa l'assemblée.

Tout en se régalant, ils commentèrent la journée passée et parlèrent de celle à venir. Après avoir partagé un panier de fruits, chacun s'en fut se coucher, car demain, il faudrait travailler. Indra raccompagna Mario jusqu'à sa roulotte, de l'autre côté du camp. Ils s'embrassèrent devant les cages aux lions, et recommencèrent derrière celles des tigres. Ils se séparèrent au niveau de la caravane de Pilou le clown, il n'y avait plus de lumière ensuite et Vittorio interdisait à Indra de dépasser cette limite. Elle rentra en

chantonnant et se jeta dans les bras de Joaquina
en murmurant :

— Merci ma Nona, elles étaient savoureuses tes
galettes !

— Aussi délicieuses que les baisers de Mario,
répondit l'aïeule en souriant.

— Aussi délicieuses, Nona !!

Mémé et le pataton

Lorsque l'on pénétrait chez Mémé, on avait l'impression d'entrer dans un musée des traditions populaires. La cuisine était sombre avec un plafond de planches très bas, à droite devant une minuscule fenêtre, un évier marron en pierre du pays, le robinet à lui seul était une œuvre d'art. En laiton, patiné par le temps, il pendait au bout d'un tuyau gris accroché au mur. En face, une antique cuisinière à bois diffusait une chaleur douce. Des odeurs alléchantes s'échappaient des casseroles dont les couvercles posés dessus dansaient sous l'effet de la température. Sur la table bringuebalante, au centre de la pièce, entre un panier de pommes et une bouteille de cidre, s'étalait Winston, un chat noir et gras qui nous guettait de son œil valide !

Le matou débarqua un matin d'hiver, il y a longtemps. Mémé le découvrit couché sur le vieux banc au coin de la grange. Il était salement amoché, un œil fermé suppurait, il saignait d'une patte et paraissait affamé malgré ses rondeurs. Elle l'amena vers le foyer, nettoya l'œil abîmé et soigna délicatement la blessure. Elle le nourrit et l'installa sur un coussin. Il resta sans bouger pendant une semaine. Mémé se renseigna auprès des voisins pour retrouver les éventuels propriétaires, mais ce chat était inconnu du village, alors elle décida de le garder et le baptisa Winston.

Nous ignorions à l'époque qui était Churchill, mais plus tard, en revoyant une photo de Mémé sur le banc avec l'animal sur les genoux, j'avoue avoir éclaté de rire. Il avait les yeux bouffis, des lèvres larges pour un félin et un ventre tellement rond que ses pattes avaient du mal à le tenir debout.

« Il ne lui manque que le cigare ! » aimait dire Mémé aux visiteurs.

À gauche, un fauteuil éculé qui portait les stigmates de griffures de chat se tenait sous le calendrier des postes. Un vieux téléviseur trônait sur un meuble d'origine trouble et qui dut auparavant faire office de pondoir au poulailler.

Mémé se déplaçait comme une reine dans son royaume. Elle était majestueuse et ample sous ses deux tabliers, le fleuri dessous, le gris dessus. Ce dernier servait à tout : à poser la récolte de radis ou de pommes, à recueillir les œufs des poules, à mettre les provisions achetées au camion épicerie. Il avait pour fonction d'essuyer le bord du plat, les larmes des yeux des petits ou leurs museaux barbouillés après avoir mangé de la crème au chocolat. Il recevait parfois les miettes de la table qui finissaient dans la cour, pour les oiseaux.

Chez Mémé, il y avait un spectacle permanent. Dès l'aube, elle était en effervescence !

À six heures, après avoir ranimé le foyer de la cuisinière, elle préparait un mélange de café et chicorée, puis elle coupait des tranches de pain qu'elle disposait dans un panier. À six heures trente, elle jetait un châle mauve sur ses épaules et sortait au jardin suivie du dodu Winston, qui effectuait alors sa seule balade de la journée ! Mémé donnait à manger aux poules et allait grattouiller le potager, récolter une salade, quelques radis qu'elle entassait dans son tablier gris. Parfois elle discutait quelques minutes avec Marcel, le voisin. Il semblait observer les mêmes rituels qu'elle.

Elle rentrait, Winston miaulant sur ses talons.

Mémé cuisinait comme un chef, avec mes frères et sœurs, nous adorions manger à sa table. Des viandes en sauce, des légumes du jardin, des biscuits, des tartes, il y avait toujours un plat délicieux qui mijotait sur le feu. Le dimanche, c'était la fête, elle préparait un poulet et le fameux pataton ! À dire vrai, c'est ma sœur

Carole qui avait inventé le nom, Mémé disait qu'elle faisait un gâteau de patates. Carole avait trois ans, ce jour-là, elle mangeait goulûment avec ses doigts, et soudain, tendit son assiette en criant « Encore du pataton, Mémé, te plaît ! » On a tous mis du temps à comprendre ce qu'elle réclamait, jusqu'à ce qu'elle montre le plat sur la table. Ce délectable et simple mets était devenu le pataton pour tout le monde !

Il y a longtemps, à la mort de Mémé, j'insistai auprès de ma mère pour qu'elle reproduise cette tradition culinaire du dimanche. Elle nous prépara le pataton à chacune des réunions de famille, et aujourd'hui, je le cuisine aussi pour mes petits-enfants qui en demandent souvent. La photo de Mémé assise sur le vieux banc avec Winston sur les genoux reste accrochée au-dessus du fauteuil, à présent restauré, sur lequel le matou faisait ses griffes.

Maxence et les craquants au fromage

Elle n'était plus là. Depuis un mois j'errais, malheureux, définitivement orphelin. À presque cinquante ans, je me sentais seul. Il n'y eut qu'un appel téléphonique, bref, brutal, et les mots : accident, voiture, délit de fuite, vélo, chute violente, trottoir, morte sur le coup. Et j'avais perdu ma mère. Ces mots ont longtemps résonné dans ma tête.

Elle avait vingt ans dans les années soixante-dix. Elle avait abandonné ses études pour suivre « la bande », sept garçons et filles prêts à tout laisser pour s'installer au cœur de l'Ardèche. Mireille partit avec eux. Ils prévoyaient de travailler sur place. Sculpteur, tisserand, maraîchère ou même bergère, ils ne doutaient de rien. Ma mère avait appris le tissage avec une lointaine cousine, elle proposa au groupe de fabriquer des châles, des étoles ou autres gilets de laine. Dans les environs de Labeaume, ils louèrent une maison décrépite, mais suffisamment spacieuse pour tous les accueillir. Parmi eux se trouvait Sergio, c'était le plus âgé, et du haut de ses vingt-trois printemps il était aussi le plus diplômé. Sorti meilleur ingénieur agronome de sa promotion, il fourmillait d'idées pour leur avenir ardéchois. Mireille se sentait bien avec la bande. Travail le jour, soirées interminables à discuter, boire, fumer, chanter et rire. Elle vivait comme dans un rêve et avait définitivement rejeté son existence d'avant. Ses parents, divorcés, avaient fortement condamné son mode de vie. Qu'importe, elle ne leur parlait plus. Tomy, Sergio, Patrick et Julien, elles les aimaient tous les quatre. Les filles, Betty, Chantal et ma mère passaient dans les bras de l'un ou de l'autre sans se tracasser. Pas de jalousie, pas d'infidélité, ils s'adoraient tous. Un an plus tard, je fus le premier enfant de cette drôle de famille, quatre papas et trois mamans. Je n'ai que des souvenirs heureux de cette période. Rires, câlins, je me nourrissais de tout. Bientôt, j'eus un compagnon de jeu, Stéphane, puis une petite copine, Gaëlle.

Les mamans étaient très attentives à notre nourriture, nos repas étaient joyeux et copieux. Mais ils étaient surtout composés de produits sûrs et rustiques. Jamais je n'eus de bonbons ou de chewing-gums roses ou jaunes. Nos friandises ne contenaient aucun colorant ou conservateur. Je n'entendis que tardivement parler des fameux E 110, 120 ou 160 ! Nos goûters se constituaient de pain perdu maison, d'immenses tartines du fromage blanc de nos chèvres ou de crêpes débordantes de confiture des prunes du verger. Les menus étaient composés de légumes du jardin, de quinoa, de riz, de graines germées et nous adorions ça ! Mireille avait inventé une recette de petites galettes au fromage, elle les avait nommées : craquants. Nous, les gamins en étions fous.

Les mamans nous donnèrent des cours à tour de rôle et lorsque je gagnai l'école du village pour le CP, je savais déjà lire et écrire.

Cette insouciance prit fin un jour du printemps 1986, je rentrais de la primaire en compagnie de Stéphane, nous trouvâmes nos parents défaits, les femmes pleuraient, les papas criaient. Ils nous expliquèrent que la belle maison était rachetée et le nouveau propriétaire allait en faire un hôtel. Nous avions un mois pour dégager, comme dit Tomy.

Le groupe se disloqua, maman et moi avons déménagé. C'est installés dans cette maison que je vide aujourd'hui que nous avons fait notre vie. Elle appartenait à mon grand-père, il la céda à Mireille après que nous eûmes quitté la bande. Mais il y avait une condition, elle devait travailler au siège de l'usine de son père. Elle accepta faute de choix. Nous vécûmes heureux, j'allais à l'école et elle s'efforçait de « faire comme si », c'est-à-dire que nous continuions de manger du quinoa, beaucoup de légumes et surtout, pour mon plus grand plaisir, des craquants au fromage !

Je quittai ma mère pour suivre mes études, mais régulièrement, je revenais la voir. Elle avait retrouvé Tomy avec lequel elle partagea une dizaine d'années, puis il la délaissa pour Betty. Je n'ai jamais su qui était vraiment mon père parmi ces quatre papas.

J'avoue qu'en fouillant les cartons de photos, je quête un indice, une ressemblance. Il y a bien Julien, même implantation de cheveux, même regard. Malheureusement, j'ignore ce qu'il est devenu et je ne connais pas son nom de famille ! Autant chercher une aiguille dans une botte de foin…

Le salopard qui a tué ma mère court toujours, je suis écœuré d'un tel comportement. J'ai pris deux semaines de congé pour mettre de l'ordre dans ses affaires et enfin vendre la maison. Je ne tiens pas à revenir ici, c'est trop douloureux. Et puis, j'ai ma famille, une femme et deux enfants. C'est pour eux que je fouille éperdument dans les papiers et les photos, je veux absolument retrouver la recette des craquants au fromage. Maman m'a toujours dit en riant qu'il y avait un ingrédient magique dedans. Alors je farfouille avec frénésie.

Voilà, là ! Je l'ai, au milieu des recettes de gâteaux, écriture fine et légèrement penchée vers la droite, la voici ! Je vais cuisiner pour mes deux pirates, Victor et Marie !

Je lève la tête au moment où la sonnerie de l'entrée retentit.

Je descends, ouvre la porte et un grand mec souriant se jette dans mes bras.

— Enfin, c'est toi, Maxence !

Mon cœur bat fort, je crie :

— Stéphane ! Je suis tellement heureux.

Nous discutons pendant des heures, il me raconte que c'est en voyant l'annonce du décès tragique de Mireille qu'il a retrouvé ma trace. Il a d'abord été chez moi en banlieue, Justine, mon épouse lui a donné l'adresse de ma mère. Il me narre sa vie, son métier de journaliste, ses échecs sentimentaux, puis il me parle de son père, Julien.

— Comment sais-tu que c'est Julien ton géniteur ?

— Y'a un truc moderne qui s'appelle l'ADN mon gars. Et, si j'ai bien compris, d'après lui, tu serais aussi son fils… Du coup, on est frangins…

Je reste un peu KO après ces révélations. Pour Julien, je me doutais, la ressemblance est frappante. Je décide de faire un test, pour être sûr. Revoir mon père, c'est offrir un papy à mes enfants, ce serait chouette.

J'enfile ma veste, et en tapant l'épaule de mon frère, je l'invite à m'accompagner à l'épicerie pour acheter les ingrédients nécessaires à la confection des craquants au fromage.

— Des craquants au fromage ? Tu vas me faire pleurer, mec !

Chez Mamie Yo
Le pâté sans viande

Ma grand-mère ne ressemblait pas à ces « mamies, mamita ou mounette » d'aujourd'hui. Nous étions en 1960, elle portait encore le deuil de mon grand-père décédé depuis plus de huit ans. Grise et noire de la tête aux pieds, à soixante-cinq ans, elle me paraissait très très âgée.

Les grands-mères, de nos jours, pratiquent le Pilates, font de la bicyclette, de la rando, elles portent des jeans et des tee-shirts de couleurs vives. Elles font des activités avec leurs petits-enfants, du camping en été et de la luge ou du ski en hiver. Mais surtout, elles racontent des histoires et distribuent forces câlins à leurs petites têtes blondes ou brunes.

Mon aïeule ne m'a jamais serré dans ses bras. J'étais pourtant son seul petit-fils et je me frottais parfois contre son tablier noir, quêtant une caresse ou un baiser qui ne venait pas.

Je passais mes grandes vacances dans ce village perdu au fond de la vallée. Un torrent traversait le bourg et était enjambé d'un pont massif bâti au XVe siècle.

Sa maison se situait à la sortie de l'agglomération en direction de la ville. C'était une antique longère flanquée d'une étable décrépie dans laquelle se prélassait une demi-douzaine de vaches.

Je les aimais, particulièrement Marguerite et Violette, avec leur robe brune et blanche et leurs immenses yeux marron si expressifs.

Ces étés interminables se succédèrent jusqu'à mes douze ans, l'année du décès de Mamie Yo. Mes parents travaillaient en ville et prenaient leurs congés fin août. Nous partions alors les trois camper à Belle-Île. J'attendais impatiemment ces moments de joie.

Je ne dirais pas que je m'ennuyais à la ferme, mais me manquaient les fous rires de maman et les taquineries de mon père !

Le mois et demi en compagnie de ma grand-maman me semblait durer une éternité. Heureusement, il y avait Margot et Lucien. Ils habitaient tous deux la grande métairie du pont. Lorsque Mamie était de bonne humeur, elle m'autorisait à courir jusque chez mes amis.

Nous enfourchions des bicyclettes rouillées qui traînaient dans la grange et nous filions vers la forêt des chaumes à quelques kilomètres de là. Arrivés sur place, échevelés et transpirants, nous dénichions l'endroit idéal pour construire une cabane que nous savions éphémère.

Nous passions l'après-midi à couper, tailler, scier, ficeler, monter feuillages et branchages de façon à donner forme et faire naître une hutte pour abriter nos moments de confidences. Assis sur un bout de bois dans notre palais, nous nous racontions des histoires en grignotant des noix et des noisettes que mes amis avaient chipées dans le buffet. De temps à autre, je les ramenais chez MamieYo à l'heure du goûter. Elle tranchait de grosses tartines dans la miche, sur lesquelles elle étalait généreusement du fromage blanc maison qu'elle arrosait de sucre. J'attendais le dernier dimanche de juillet avec impatience, car papa et maman nous rendaient visite. À cette occasion, ma grand-mère préparait son délicieux pâté sans viande. Une fameuse terrine à base de lentilles brunes du pays que j'adorais.

C'était mon moment de satisfaction au cœur des vacances. Me régaler de mon mets favori en compagnie de mes parents !

Souvent, Mamie le servait accompagné d'une salade et d'une mayonnaise. La verdure ne me plaisait guère, mais je me jetais sur l'assiette avec gourmandise, je levais les yeux en direction de mémé la bouche pleine, la tendresse qui s'échappait de son regard à cet instant me comblait de bonheur et de joie.

Philomène et les lasagnes multicolores

Chez Philomène, il y a souvent des invités. Les voisins, les amis, les collègues de travail, tous aiment aller un moment avec elle. Il faut dire que c'est un phénomène notre Philomène.

À cinq ans, elle sauva le vieux Jacquot d'un AVC en hurlant et en ameutant le quartier. Elle passait toujours beaucoup de temps avec Jacquot, il lui apprenait les noms des oiseaux, fabriquait avec elle des moulins à installer sur le ruisseau ou dans le vent, ils construisaient aussi des nichoirs. C'est d'ailleurs un soir où l'homme clouait l'un d'eux sur un tronc qu'il tomba à la renverse, inanimé. La gamine le secoua, réussit à l'appuyer contre l'arbre et hurla de colère parce qu'il ne répondait plus. Les voisins accoururent, puis les secours, et Jacquot fut sauvé.

À dix ans, elle fut championne de natation dans sa catégorie et conduisit un scooter pour la première fois. Ça n'était pas vraiment prévu, mais s'étant éloignée du camping où elle passait ce mois d'août avec ses parents, elle se trouva perdue dans la garrigue. Rêveuse, elle observait des insectes, poursuivait les papillons, discutait avec des lézards quand elle s'aperçut qu'elle était partie depuis deux heures.

Sans paniquer, elle tenta de prendre le chemin de droite, mais il l'envoya sur un autre sentier, puis un suivant. Elle fit demi-tour et s'éloigna encore plus. Longtemps après, elle avisa un couple d'adolescents fort occupés à se butiner dans un coin de nature, elle sauta sur le scooter bleu calé dans un buisson. Le départ fut légèrement chaotique, tumultueux, mais elle se repéra rapidement et fit une entrée triomphale au camping. Enfin, jusqu'au moment où la camionnette de la gendarmerie fit son apparition. Tout s'arrangea promptement, Philomène fut réprimandée et on ne parla plus de l'affaire.

À quinze ans, après une violente dispute avec sa mère, elle fit une fugue. Il n'est pas rare que les enfants quittent le foyer familial sur un coup de tête, mais Philomène fit les choses en grand. Emportant ses économies, elle prit un train, pas vraiment au hasard, car elle se disait qu'une virée chez sa marraine lui ferait le plus grand bien. La marraine en question vivant à Milan, elle sacrifia une bonne partie de sa cagnotte pour un Paris-Lyon-Turin-Milan. Sa tante l'accueillit froidement, contrairement à ses espoirs. Elle passa une nuit à l'appartement et fut remise illico dans le chemin de fer du retour. Elle en parle encore de ces deux jours en TGV ! Elle n'avait jamais parcouru l'Italie aussi rapidement !

À dix-huit ans, le BAC en poche, elle décida de traverser la Manche à la nage. Ses amis et sa famille tentèrent de la dissuader, pour eux, c'était une pure folie. Mais têtue, elle organisa parfaitement son périple, dénicha des sponsors, et au grand désarroi de ses parents, se lança le 18 août de cette année-là. Elle réussit, atteignit son but, épuisée, frigorifiée et en larmes. Elle fut accueillie à Douvres par les siens et une caisse de champagne après dix heures et vingt-cinq minutes d'efforts. Un exploit incroyable pour une si petite bonne femme. Tous les journaux en parlèrent, la télé anglaise vint l'interviewer et une chaîne américaine lui consacra un reportage.

Philomène est un phénomène !
Championne de natation à vingt ans, elle cumula les titres : championne du monde quatre cents mètres nage libre puis championne olympique. Du jour au lendemain, elle

abandonna la piscine pour la cuisine. Elle voulut détenir le record d'heures passées à mijoter des plats, puis celui du plus énorme pâté de viande, ensuite du plus gros chou à la crème, de la plus grande tarte aux pommes…
Philomène le phénomène s'amusait !
La veille de ses quarante ans, elle décida qu'elle avait fait le tour des records et des concours. Elle épousa Jules, un chanteur pour bambins, moustachu épicurien, adorable et rieur.

En quelques années de vie commune, le musicien prit de l'embonpoint grâce aux prouesses culinaires de Philomène. Ils s'aimaient entre les casseroles mijotantes et les mélodies des guitares.

Aujourd'hui, ils ont invité tout le quartier pour une soirée lasagnes en chansons. Des nuées d'enfants courent déjà à travers le jardin en criant, Philomène enfourne des plats odorants qui feront le bonheur des petits et des grands. Les adultes s'installent sur des chaises un verre de vin à la main, les gamins s'entassent devant sur des coussins. Jules commence de chanter, tous reprennent en cœur, Philomène est émue d'entendre ce chœur improvisé. Après des « encore » et de nombreux applaudissements, chacun trouve une place autour de l'immense table sous l'auvent de la grange. Philomène s'est longuement demandé quelle serait son entrée, puis, en accord avec Jules, elle décida qu'une simple salade style coleslaw ferait l'affaire. Les convives s'exclament devant les plats joyeusement colorés de crudités. Ensuite, avec les voisines, elles apportent les grands plats fumants, les bambins crient de plaisir et chantonnent :

— Philomène est un phénomène, Philomène est la reine, la reine des lasagnes !

Philomène rit et embrasse les museaux les uns après les autres.

Le dessert a autant de succès, les gâteaux à la cannelle se marient parfaitement bien avec la salade d'oranges parfumée à la cardamome.

À la fin du repas, Jules vient à sa rencontre et lui chuchote des mots doux à l'oreille.

 Puis il lui prend la main et ajoute :

— Il déchire ton repas, ma chérie !

Frédégonde Garzek et les samossas
pesto-fromage

Frédégonde leva la tête, les verres de ses lunettes étaient si épais que ses yeux paraissaient microscopiques. Elle rédigea le procès-verbal, ferma le classeur et débrancha son ordinateur. Ses collègues étaient déjà tous rentrés chez eux. Elle n'était jamais très pressée le soir. Retrouver son appartement vide, cuisiner juste pour elle… Il y avait bien Bidule, son chat, mais ce n'était pas comme une famille ! Alors, elle traînait au bureau et en profitait pour clore les dossiers en suspens. Elle se redressa, attrapa son manteau et sortit, non sans avoir salué Paul, de garde à l'accueil. Elle l'appréciait, Paul, il avait toujours été sympa avec elle. Elle traversa la rue, poursuivit son chemin en empruntant l'avenue Curie. Sa démarche était atypique. Faut dire que tout chez elle était atypique. Elle n'était pas gâtée par la nature, Frédégonde ! Lorsqu'elle était enfant, elle avait surpris une conversation entre son père et sa mère.

— Elle n'a pas ta grâce, ma chérie. Elle a hérité du physique de blaireau de ton vieux ! Regarde-la ! La tête dans les épaules, pas de taille, des jambes maigrichonnes ! Pauvre petite !

— Ce n'est pas grave mon cœur, elle est intelligente, la beauté ne fait pas tout !

Frédégonde malgré ce physique ingrat avait été une élève parfaite. Son rêve avait toujours été d'entrer dans la police et de faire partie de ceux qui élucident les crimes. Cette profession qui demandait jugeote, vivacité d'esprit, empathie aussi. Elle disposait de tout cela. Elle était la plus jeune de l'équipe, et même si elle subissait parfois des moqueries de ses collègues, elle se sentait plutôt bien parmi eux.

Elle mit la clé dans la serrure et pénétra dans son appartement en appelant :

— Bidule ! Où es-tu, mon gros ?

Un matou noir comme le cirage se précipita dans le couloir. Il se frotta contre le pantalon de sa maîtresse. Elle le hissa entre ses bras :

— Viens mon bébé, tu sais, maman a encore arrêté un méchant aujourd'hui !

Elle embrassa le félin entre les oreilles, là où les poils sont plus doux qu'ailleurs. Elle le posa sur le carrelage, et ouvrit une boîte de pâtée. Elle entendait le ronron de l'animal, il couvrait celui du réfrigérateur.

Ses parents s'étaient séparés quand elle était entrée au lycée. Ce fut une période difficile. Elle les aimait et n'imaginait pas qu'ils puissent envisager le divorce. Elle vécut cet évènement comme un drame. Elle pleurait tous les soirs, refusait de choisir où elle irait habiter… Elle demanda à être interne. Elle ne désirait pas voir ses parents. Cependant, ils lui manquaient terriblement. Elle les apercevait de temps à autre, ils venaient à la grille de l'établissement espérant un bonjour, ou un simple signe… Frédégonde y pensait souvent et se sentait triste, elle s'en voulait beaucoup. Sa mère mourut quand elle était à la faculté de droit dans un accident de voiture. Elle brûla un feu un soir où elle était pressée.
Après le décès, la situation ne s'arrangea pas avec son géniteur. Pour elle, tout était de sa faute. C'était lui qui avait demandé le divorce, c'était lui qui avait vendu la maison, et bien sûr, c'était de sa faute si sa mère n'était plus de ce monde ! Les rancœurs de son enfance émergeaient souvent, il lui semblait entendre son père : « Elle n'a pas ta grâce, ma chérie… »

Elle avait beaucoup travaillé pour réussir, après la Fac de droit, l'école de police, puis elle était devenue une excellente enquêtrice. Aujourd'hui encore, elle avait débusqué un délinquant qui volait les sacs à main des femmes. Elle n'hésita pas à se travestir en vieillarde, se coiffa d'une perruque grise, ce qui amusa ses collègues, et d'un pas incertain, traversa l'avenue Jaurès, sa sacoche bien en vue.

Il ne fallut pas plus de vingt minutes avant que le vaurien ne débarque et se précipite avec ses rollers. Max Roulier, Christophe Dubois et Clémentine Saron étaient cachés dans le quartier, prêts à intervenir. Au moment même où le garçon tendit le bras pour s'emparer de la bandoulière, Frédégonde s'élança et lui fit un majestueux croc-en-jambe. Le jeune voyou s'étala en hurlant. Toute l'équipe fut sur lui pour le menotter et l'embarquer au commissariat. Max, le chef glissa un : « Bien joué, Frédé ! »

Bidule ronronnait allégrement contre sa poitrine, tout en lui murmurant des mots doux, elle versa des croquettes dans une soucoupe et changea l'eau de la gamelle. Le chat sauta et se précipita sur sa pitance.

Frédé ouvrit la porte du réfrigérateur en se grattant la tête :

— Qu'est-ce que je pourrais me cuisiner ? Je mérite un bon repas ce soir.

Machinalement, elle s'empare d'un paquet de feuilles de brick qui traînait au fond du tiroir à légumes.

— Je sais, s'écria-t-elle ! Maman, ton entrée préférée va devenir mon menu préféré ! Tu te souviens comme papa adorait ça ?

Elle essuya furtivement les larmes qui coulaient le long de ses joues. Son père lui manquait tellement. Certes, il n'avait pas été facile, mais elle se rappelait de tant de bons moments avec lui… Jusqu'au divorce.

Des samossas au pesto et au fromage ! Elle sauta sur le placard à provisions, priant pour qu'il restât un dernier bocal de pesto.
- Yes !
Elle jubila., chercha un morceau de gruyère à râper et commença de préparer son souper. Elle alluma la radio, on y parlait de l'arrestation du jeune délinquant qui avait terrorisé et envoyé à l'hôpital trois personnes âgées. Son nom était même cité : « Grâce à l'intervention de la courageuse Frédé Garzek, l'homme, connu des services de police, a pu être maîtrisé et intercepté. Ce soir, notre ville respire librement ».

Elle sourit tout en mélangeant les ingrédients. Une sonnerie la fit sursauter. Bidule sauta du canapé et rampa sous le fauteuil, prêt à affronter un éventuel assaillant.

Elle posa la cuillère sur la table et se dirigea vers l'entrée. Elle colla son œil gauche au judas et recula brusquement.

— Papa !

— C'est moi, Frédé. S'il te plaît, ouvre-moi. Puis, d'une voix implorante : Frédé, ouvre…

Elle tira la porte. Il était là, devant elle. Le même, plus gris de cheveux, des rides sur le front, mais toujours le même. Il souriait timidement.

— Je peux entrer ?

Elle s'effaça pour céder le passage, ferma et répéta :

— Papa !

— On ne parle que de toi à la radio, et même aux infos régionales. Tu es une héroïne ma Frédé !

Elle vit seulement qu'il tenait un énorme bouquet de roses blanches, comme celles qu'il lui offrait à chacun de ses anniversaires… du moins, jusqu'au divorce.

— Tu veux bien manger avec moi ? demanda-t-elle en mettant les fleurs dans un vase.

— Oui, avec joie, as-tu envie que j'aille acheter quelque chose ?

— Non, je fais des samossas pesto fromage !

Il la regardait en pleurant, elle sanglotait aussi. Il fallait qu'elle parle de tout ce chagrin refoulé.

— Pourquoi toutes ces années sans toi ? J'avais besoin de toi ! Ça fait cinq ans que maman est morte, tu m'as abandonnée…

— Je… Je pensais que c'était mieux pour toi ! Tu m'accusais de tous les maux !

— Tu avais quitté ma mère !

— Non, Frédé, c'est elle qui a voulu partir. Elle avait quelqu'un.

— Francis ? Elle l'a rencontré après…

— C'est ce qu'elle t'a laissé croire, pour te protéger. Ils avaient une liaison depuis un an. Mais ça n'excuse pas mon comportement. Pardon, ma fille, pardon.

Frédégonde se jeta dans les bras de son père, puis le repoussa et termina sa préparation des samossas. Pendant ce temps, il servit deux verres de vin tout en caressant Bidule. Ils avaient l'air de bien s'entendre tous les deux.

Ils parlèrent pendant des heures, dégustèrent le repas de la jeune femme, puis quand il fut l'heure de se séparer, elle dit :

— Tu peux dormir dans mon bureau, papa, il y a un lit. Tu partiras demain !

— Merci, je préfère, j'ai un peu bu, je ne voudrais pas me faire arrêter par un de tes collègues !

Rose-Assomption et le buddha bowl,
la crème à l'orange et les crunchies

Je suis née au Cap, en Afrique du Sud, papa était ingénieur dans l'électronique. Il avait rencontré sa femme dans l'entreprise où elle était secrétaire.

Mon père est Camerounais et ma mère Belge. Je vis à présent en France. Dans ma famille paternelle, il y a une tradition que je trouve stupide. On nous donne un prénom accolé au saint ou à la fête du jour de naissance. Maman adorait Rose, papa a dit d'accord, mais j'ai débarqué un 15 août, je me retrouve avec Assomption comme second nom de baptême. Je serais arrivée le 16, c'était Rose-Roch, le 17, Rose-Hyacinthe ou Septimus. En vérité, mes parents m'attendaient pour le 19, j'aurais dû m'appeler Rose-Eudes… Je ne sais pas si j'ai gagné au change. Bref, à la Fac, je suis Rose, un point c'est tout !

J'ai des facilités en langues alors je prépare un master d'anglais. J'ignore ce que je ferai ensuite, enseignement ou traduction… Enseigner, je ne crois pas en être capable. Me retrouver devant des collégiens qui vont se moquer de ma couleur de peau, ou de ma taille, je suis un peu rondelette. J'hésite. La transcription m'attirerait assez. Je pourrais être traductrice littéraire. Travailler pour l'édition, de romans, de nouvelles… Parce que s'il faut transcrire des guides pratiques ou des manuels d'outillage, merci, non !

En attendant, je fréquente la Fac, je m'y suis fait de nombreux amis. Je dois dire que je suis joyeuse, j'ai un tempérament rieur. Et les potes adorent se marrer avec moi. Certains me disent que je devrais faire du stand-up, que j'aurais un succès fou, d'autres, les jaloux, m'observent en coin en maugréant : « Encore une black qui se croit futée ! ». Peu m'importe, j'aime la vie, je travaille bien et j'ai un hobby, plus qu'un dada, une passion : la cuisine ! Cela amuse énormément mes potes qui sont plutôt du genre à fréquenter les fast-foods et qui mangent très mal. Le soir, après les cours, lorsque je rejoins mon studio, je songe déjà à ce que je vais mijoter.

J'ai une colocataire, Anne-Lyse, gourmande et feignante à la fois. À son arrivée le premier jour, elle m'a tenu un discours sur la malbouffe des jeunes, trop de sucres, trop de graisses, etc. Je trouvais ça chouette que nous ayons autant de points communs, en plus des études je veux dire. C'était de l'esbroufe, en réalité, elle se moque de manger des burgers tous les midis et des pizzas chaque soir. Elle avait juste affûté son bla-bla pour que je la choisisse. Tant pis pour moi, j'aurais dû approfondir. Qu'importe, petit à petit, elle change et dévore mes ragoûts de légumes et les salades mélangées que j'adore préparer.

L'autre samedi, je l'ai amenée au restaurant africain de ma tante Comba-Perpétue, je voulais qu'elle découvre les senteurs et les saveurs de la cuisine camerounaise. Comba-Perpétue mitonne de délicieux poulets en sauce, elle y ajoute beaucoup de plantes potagères, dont certaines sont inconnues en France. Mais je désirais lui faire goûter les plats traditionnels et simples : le manioc vapeur que l'on appelle bobolo, le folong aux arachides, cela ressemble aux épinards, le kondre, c'est une potée de bananes plantains très parfumée. Anne-Lyse faisait la gueule en lisant le menu, je voyais bien qu'elle était contrariée, car je la poussais à manger végétarien. Puis j'ai abdiqué et elle a choisi le poulet DG, la spécialité emblématique du Cameroun. Pour ma part, j'ai commandé un folong aux arachides.

Ma tata s'est assise auprès de nous un instant, mon amie l'a chaudement félicitée pour ce plat délicieux. Elle bichait, Comba-Perpétue, elle a invité ma coloc à passer autant qu'elle le désirait !

Avant de prendre le métro pour rejoindre l'appartement, ma tante me glissa un sac rempli de bocaux d'épices et de graines. J'étais ravie, j'allais pouvoir bien agrémenter nos repas !

J'adore organiser des soupers, tantôt je convie des copines de Fac, tantôt je fais venir nos familles, mes parents et ma sœur, ainsi que le père et la mère d'Anne-Lyse.

J'y pense dès le début de semaine, je laisse traîner un papier et un crayon sur lequel je note les idées qui m'apparaissent. Justement, samedi soir, ce sont des amies communes qui seront là avec leurs amoureux. Ça me met un peu la pression, car les garçons ont pour réputation d'être assez carnivores ! Comme dit Anne-Lyse, c'est un vrai challenge ! J'ai hésité entre un tajine aux légumes et olives et un buddha-bowl. Après concertation avec ma coloc, nous avons retenu la seconde proposition. Plus fun, paraît-il !

Et très facile aussi, finalement. Je vais varier les couleurs, on trouve déjà des courgettes et les premières tomates apparaissent sur le marché.

Le jour même, après avoir acheté le nécessaire, je commençai par éplucher, nettoyer et découper tous les légumes. J'avais décidé que le plat serait croquant fondant. J'émінçai les radis, mis à cuire les fèves et le riz noir, coupai les courgettes en rondelles que je passai rapidement à la poêle. Oignons rouges, sauce aux cacahuètes (la célèbre sauce arachides à la manière de Comba-Perpétue), une autre sauce façon tzatziki, et pendant que les copains terminaient leur apéritif, je dressai mes assiettes creuses. À gauche, les radis roses en rondelles, à côté, les fèves aux épices, le riz noir poivré, au centre les courgettes jouxtant les oignons rouges, les deux sauces par-dessus, j'ajoutai des germes de lentilles, des feuilles de basilic, deux tomates cerises et des graines de pavot. Ma déco était du plus bel effet. J'avais préparé et cuit du pain genre naan, j'en disposai un sur le bord de chaque assiette. Des oh et des ah accueillirent mon entrée et chacun se régala. Je reçus beaucoup de compliments, ce qui me fit plaisir, même si ce plat n'est pas très compliqué à réaliser. Pour le dessert, j'avais fait une crème à l'orange. Là aussi, recette de ma chère tata. J'avais rempli des verrines, ajouté des tranches d'oranges confites et servies avec les crunchies d'Afrique du Sud. Ce sont des pâtisseries assez roboratives, mais qui se marient parfaitement bien avec l'entremets.

Bref, après le passage des invités, il ne restait plus rien dans les plats ! Nico, un des garçons me demanda si je ne faisais pas une erreur en restant à la Fac de langue.

— Tu es vraiment douée pour la cuisine, et je ne suis pas le seul à le dire, tous ceux qui s'asseyent à cette table me l'ont confié. Pourquoi n'ouvres-tu pas ton restaurant ?

Ça m'a turlupiné toute la nuit. D'autant que ma tante n'arrête pas de rabâcher qu'elle a besoin d'aide. Mais je ne peux pas laisser mes études, j'ai fait tant de sacrifices pour en arriver là.

Au petit matin, j'avais pris ma décision, je terminerai mon master et en même temps, j'irai tous les week-ends travailler au resto avec Comba-Perpétue ! Et qui sait, je deviendrai peut-être cuisinière-interprète-comique !

Le paméli de Paméla

Lorsque Paméla est née, dans son village Franc-Comtois, son père quitta l'usine de tréfilerie en chantant. Il braillait à tue-tête la chanson de Sheila, une chanteuse qu'il adorait :
« Paméla, Paméla, comme tu as changé
Tes yeux sont moqueurs et ton rire est léger
Tu t'habillais avec n'importe quoi
Des robes, à présent, tu en as tout un choix
Oh ! Paméla, on est contents pour toi ! »

Ses collègues étaient morts de rire, d'une part, parce qu'il chantait faux, mais aussi parce qu'il faisait des zigzags avec sa bicyclette.
Paméla, dans les bras de sa mère la chantait aussi, mais d'une autre façon !

C'était il y a quinze ans. Le bébé, autrefois râleur était devenu une belle adolescente. Son visage rieur aux joues roses faisait l'admiration de ses parents. Elle était grande et mince et réussissait ses études, à la grande satisfaction de son père qui craignait tellement qu'elle finisse ouvrière à la tréfilerie locale. Il rêvait d'autre chose pour sa Paméla. Il aurait aimé qu'elle soit médecin, ainsi, il aurait pu narguer le François et le grand Claude, ça leur aurait fait les pieds ! Mais, à cette période, Pam n'aspirait qu'à être hôtesse de l'air ou mannequin pour défiler en tortillant les fesses et lancer ses jambes en avant comme les chevaux de course. Il s'arrachait les cheveux, l'Albert, ça le rendait malade. Il l'imaginait déjà maigre, affamée, et pire, s'injectant des trucs sordides dans les veines. Il n'en dormait plus. Sa femme le rassurait, lui jurait que tant qu'elle vivrait, elle empêcherait leur rejetonne de faire ce genre de bêtise.

Le jour de ses seize ans, Paméla annonça qu'elle s'était inscrite à un concours régional de Miss. Il fallait l'emmener à Besançon, puis, si elle gagnait, ce qu'elle comptait bien, les finales auraient lieu à Dijon. Les parents étaient atterrés, voilà que chaque jour, leur petite Pam traversait le couloir maquillée comme une voiture volée, essayant des tenues affriolantes ou des robes de soirée qu'elle empruntait à la boutique de sa cousine de Vesoul. Ah, elle avait trouvé une complice avec Magali. Celle-ci téléphonait tous les soirs annonçant qu'elle avait reçu une merveille, une tenue qui lui irait comme un gant ! Et la petiote qui minaudait en se réjouissant.

Alors les parents avaient présenté un ultimatum à la gamine : d'accord pour les premières finales, si les notes au lycée remontent, sinon, adieu les robes de soirée et les podiums !

Les notes furent excellentes, comme par magie. Besançon, premier défilée, premiers stress. Elle était si mignonne Paméla, elle reçut une véritable ovation en se pavanant en robe de soirée puis en maillot de bain. Ses parents surent qu'elle n'irait pas plus loin dès les premières questions au moment du quizz. Oh, elle n'était pas bête, elle répondait parfaitement bien, non, ce n'était pas ça. Mais cet accent ! Paméla avait un accent comtois si prononcé qu'on aurait dit que sa bouche était pleine de cancoillotte, ça traînait, traînait tant que la foule qui l'avait applaudie quelques instants auparavant, riait aux larmes en l'écoutant s'exprimer. La jeune fille termina sa prestation, sortit dignement dans sa robe scintillante et s'en fut pleurer dans les coulisses.

Deux demoiselles tentèrent de la consoler, mais leur empathie sonnait si faux que Paméla les repoussa. Elle ôta la robe de princesse, enfila son jean et son tee-shirt, sortit se jeter dans les bras d'Albert. Comme il était heureux ce papa, il l'avait échappé belle !

Dans la vieille 504, ce fut le silence jusqu'à la maison. L'adolescente monta directement dans sa chambre, les parents entendirent un remue-ménage effrayant, ils s'inquiétèrent ainsi pendant une heure. Puis elle descendit portant un sac poubelle plein à ras bord de robes, maillots de bain, pantalons de soirée. Elle le déposa dans un coin de l'entrée en disant :

— Faudra donner ça à Magali, je n'en aurai plus besoin !

— Mais… Tu en es certaine ? questionna la maman.

— Absolument certaine, en fac de médecine, je porterai des vêtements plus pratiques, et des blouses blanches aussi, sans doute, ajouta-t-elle en clignant des yeux !

Le père resta bouche bée. Il était si heureux à cet instant, que l'on aurait pu voir des papillons et des fleurs autour de son visage. Son cœur allait exploser de joie.

— Tu, tu vas faire médecine ? balbutia-t-il.

— Ben oui, les patients ne se foutront pas de moi si je parle avec mon accent ! Et j'ai très envie d'être plus utile et moins futile… Oh je sais que vous n'approuviez pas mon choix de devenir Miss. C'est Magali aussi, elle m'a poussée, ça lui faisait une pub d'enfer ! Bref, on n'en parle plus. J'ai faim, on mange quoi ?

Les parents se regardèrent en riant :

— C'est-à-dire que je n'ai rien prévu, dit la mère. On était censé manger sur place au gala !

Paméla éclata de rire. Puis d'un pas assuré, se dirigea vers la cuisine en hurlant :
— Laissez-moi faire, j'improvise !
Elle ouvrit la resserre à légumes, s'empara de trois tomates, de persil, d'une vieille salade fanée et d'un oignon. Dans le réfrigérateur elle dénicha un paquet de tofu, ce n'était pas trop son truc, mais sa mère en raffolait. J'improvise avait-elle dit !
En passant devant le placard à provisions, elle attrapa un paquet de graines de couscous.
Elle s'affaira ainsi pendant presque une heure, puis annonça à ses parents que le repas était servi.

Elle posa solennellement son plat sur la table en déclamant : et voici le paméli de Paméla !

Alix et les faux fromages

Elle fulminait en rangeant ses cahiers. Lucas avait bien rigolé à table quand elle avait refusé le morceau de fromage de la cantine.

— Ah, ben, ça non plus, tu ne manges pas ?

— Je ne consomme aucun produit laitier en fait !

— Tu es vraiment une casse-pieds, je plains ton mec !

— Je te remercie de ta sollicitude à l'égard de mon copain, mais il n'en a pas besoin. Il va très bien, et ce que je fais lui convient. Il faut croire que l'on a l'esprit plus ouvert dans la police qu'à l'éducation nationale !

— Et toc ! A répliqué Marielle, tu ne l'as pas volée cette remarque !

Lucas a regagné sa classe en bougonnant. Marielle m'a regardée et a ajouté :

— Non, mais ! De quoi je me mêle ?

Les élèves avaient quitté le lycée, Alix se dirigea vers sa voiture. En arrivant, elle vit quelqu'un derrière le pare-brise, elle eut un soubresaut puis reconnut Jérémy, il riait devant son étonnement.

— J'ai terminé plus tôt aujourd'hui. On va se balader ?

— J'ai besoin de grand air pur, alors avec plaisir.

— Je t'emmène ma princesse ! Le bois des cailloux ?

Ils roulèrent jusqu'à l'orée de la forêt. On appelait cet endroit le bois des cailloux, car le sentier qui le traversait de part et d'autre était entièrement recouvert de galets. Personne ne pouvait donner d'explication, les anciens parlaient de pierres transportées à dos de prisonniers pendant le moyen-âge, d'autres cherchaient une logique géologique, mais même les scientifiques y perdaient leur latin. C'était une forêt magnifique sombre et plantée d'arbres plusieurs fois centenaires. Jérémy était policier depuis peu de temps, c'était encore un bleu, comme il disait, mais qu'importe, la profession lui plaisait. Alix enseignait la littérature au lycée. Ils s'étaient rencontrés au mariage de sa meilleure amie. Jérémy avait été placé entre Marielle et Joanie, mais ce fut Alix, assise en face de lui qui attira son attention. Ils vivaient ensemble et avaient de nombreux points communs, notamment les grandes balades en forêt et l'allergie aux produits laitiers. Alix raconta ses mésaventures de cantine en riant.

— Dans deux jours, tous les profs vont se retrouver autour d'un pique-nique, chacun doit apporter ses spécialités !

— Alors, je sais déjà ce que tu vas cuisiner ! répondit Jérémy. Faux fromages et flan au lait végétal !

— Gagné ! Je préparerai tout cela demain soir. Oh, regarde, là, c'est un écureuil dans l'arbre ?

— Il y en a deux en fait ! Ils sont magnifiques ! Tu as vu le plus gros, il est presque noir !

Ils restèrent quelques minutes à observer les cabrioles des rongeurs, puis, toujours main dans la main, rejoignirent la voiture.

C'est après de longues années d'inconfort qu'Alix comprit qu'elle souffrait d'une intolérance au lactose. On parlait beaucoup de gluten à cette époque, elle songea donc tout d'abord que c'était celui qui ne lui convenait pas. Elle le supprima, tout en dégustant des yaourts et beaucoup de fromages. Son père tenait la fruitière à comté dans son village, il n'était pas envisageable d'incriminer le lait et ses transformations.

— Tu dis n'importe quoi ma fille ! Tu manges du fromage depuis que tu es bébé, si ça ne te réussissait pas, on s'en serait aperçu !

— Mais le corps change, papa, les crampes abdominales et tous mes problèmes de santé viennent de cette intolérance !

— Popopop ! On aura tout entendu !

Difficile de faire accepter au fruitier que ses fabrications rendent sa progéniture malade. Alix n'en a plus jamais parlé, mais lorsqu'elle a rencontré Jérémy au mariage, elle l'a vu repousser l'assiette qui contenait une portion de brie, une de comté, une tranche de bleu de Bresse et du munster. Elle lui demanda s'il n'avait plus faim, mais il lui répondit que ce qui était sur le plat n'était pas bon pour lui. Elle fut ravie et pendant que la tablée se régalait avec les produits laitiers, ils sortirent marcher dans le parc. Ils échangèrent leur premier baiser sous un saule pleureur et rentrèrent main dans la main à temps pour le dessert.

Comme ils aiment recevoir et ne veulent pas priver leurs amis de l'inévitable plateau de fromages, Alix a appris la fabrication de faux fromages. Sans lactose, ils n'en sont pas moins savoureux et appétissants à voir et à sentir.

Le lendemain soir, de retour du lycée, et après avoir corrigé les élucubrations de ses trente élèves de première, elle se lança dans sa cuisine spéciale. Jérémy lui avait conseillé de faire un fromage frais aux herbes, un ersatz de gouda aux épices et un faux mage tournesol, ses préférés.

Lorsqu'elle eut terminé les trois fabrications, elle prépara les flans au lait d'amande. Au moment où son amoureux rentra, elle sortait du four deux plats parfaitement dorés et qui embaumaient.

— J'en connais qui vont se régaler, dit-il.

— Rassure-toi, j'ai augmenté les rations, et il y en aura pour toi !

— Je n'en espérais pas moins, ajouta-t-il en prenant Alix dans ses bras.

Elle rentra du fameux pique-nique avec le sourire. Jérémy l'attendait derrière la porte, légèrement angoissé. Toute la journée, il s'était inquiété. Il n'avait pas envie de voir son Alix défaite après un moment détestable, alors, la voyant aussi joyeuse, il sut que les collègues les plus réticents avaient fondu de gourmandise. Il soupira d'aise et sortit sur le perron pour l'accueillir.

Super Clara et les bergenotes

Son biper au poignet émit un son strident. Elle alluma aussitôt son tabletor et vit l'image d'une fillette d'une douzaine d'années. Elle chaussait des patins à glace au bord du lac gelé. Elle chantonnait, se prit en photo et téléphona à une amie pour qu'elle vienne la rejoindre.

— Oh, ce n'est pas possible, s'écria Super Clara. La couche glacée est trop fine ! Cette gamine va se noyer, je dois filer.

Elle referma le tabletor, couru dans la chambre du fond et, après avoir passé une carte magnétique sur ce qui semblait être un portrait, la cloison s'ouvrit. Elle pénétra dans une pièce étroite, franchit un genre de tunnel en verre, tourna sur elle-même et se retrouva en combinaison rouge. Des lunettes noires sur les yeux, un bandeau vert connecté sur le front, elle s'envola soudainement dans les airs, puis disparut.

Amélie riait devant le téléphone portable, elle était excitée :

— Allez, Sam, viens me rejoindre au lac, ça va être génial, il est super gelé, tu verrais ! Et j'ai mes patins tous neufs, je ne les ai toujours pas essayés, c'est le bon moment ! OK, je t'attends !

Amélie fit des selfies, des grimaces, elle parla à une ou deux amies et se retourna en entendant des pas.

— Ah, te voilà ! Trop cool. Dépêche-toi. Il n'y a pas encore trop de monde, il faut en profiter. Dès que c'est l'affluence, on ne peut plus patiner !

Elles achevèrent de s'équiper, bonnets, gants, écharpes, la bise était cinglante et leurs visages étaient rouges.

Elles se hissèrent sur leurs patins et se dirigèrent au bord du lac.

— Regarde, Sam, l'épaisseur de la couche glacée, c'est tout bon, on ne risque rien !

— J'ai tout de même prévenu ma grand-mère !

— Mes parents ne sont pas rentrés d'Italie, à moi la liberté encore tout le week-end !

— Tu ne t'ennuies pas toute seule ?

— Penses-tu, ma tante Louise passe tous les matins pour voir si je ne manque de rien. Ça roule, et puis ce n'est que pour quatre jours !

— Tout de même, moi, j'aurais peur la nuit.

— Dans l'appartement fermé, avec des voisins cool, tu parles ! J'éteins quand je veux, je mange ce qui me plaît ! Ah, ah, la belle vie ! Tu rentres avec moi après le patin ? On regardera un film !

— D'accord, bonne idée. Je préviendrai ma mamie !

— J'ai encore trois paquets de marshmallows et du pop-corn !

— Super ! On y va !

Elles s'élancèrent sur l'étendue gelée, dansèrent en riant aux éclats. Elles ne virent pas Super Clara

atterrir derrière un gros chêne. Elle observait les adolescentes qui, insouciantes, s'aventuraient là où la surface se fendillait.

Soudain, le dessus du lac céda, Sam disparut dans l'eau noire et froide. Amélie hurla et tomba elle aussi. Aussitôt, super Clara s'envola et plongea, elle remonta les deux fillettes et les déposa sur le sol au bord de l'étang.

— Mais n'êtes-vous pas folles ? La glace est trop fine, c'est totalement irresponsable !

Tout en discutant, elle les enroula dans une couverture pour les réchauffer. Elle les attrapa, une sous chaque bras et s'élançant dans les airs, se retrouva bien vite dans son salon en jean et tee-shirt. Les gamines gisaient inanimées, allongées sur le canapé.

Amélie émergea la première :

— On est où ? Sam, mon Dieu, elle est morte ? Elle se mit à pleurer. C'est de ma faute !

— Mais, non, ne t'inquiète pas, ton amie n'est pas morte, elle va se réveiller !

— Où est-elle ?

— Qui ça ?

— La dame en combinaison rouge, celle qui nous a sauvées !

— Je ne sais pas de quoi tu parles, c'est moi qui vous ai récupérées. Je me baladais au bord de l'eau et je vous ai vu tomber.

— Mais je suis certaine qu'il y avait une autre femme !

— Avec une combinaison rouge et un bandeau vert, comme un super héros, renchérit Sam qui émergeait.

— Je pense que vous délirez un peu, c'est le choc, les petites. Ceci dit, j'ai un manteau rouge ! Je vais vous préparer un délicieux chocolat chaud, d'accord ?

Elles répondirent en chœur un oui joyeux et percutant. Dès que Clara se fut éloignée, elles poursuivirent leur discussion.

Pendant ce temps, Clara les écoutait depuis sa cuisine. Et tout en fabriquant la boisson, elle souriait en songeant à la tête de madame Jacquet, la voisine, au moment où super Clara regagnait son jardin en combinaison rouge et courant, une gamine sous chaque bras.

De l'office elle leur demanda :

— Voulez-vous des petits gâteaux avec votre chocolat ?

Elles répondirent en chœur :

— Oh oui, merci !

Clara réapparut dans le salon tenant un plateau sur lequel fumaient trois tasses. Une assiette remplie de biscuits attira le regard des jeunes filles.

— Qu'est-ce que c'est que ces gâteaux ? interrogea Amélie.

— Des bergenotes !

— Bergenotes ? Je ne connais pas ! Tu en as déjà mangé, Sam ?

— Non, c'est la première fois que j'entends ce nom. Je peux goûter s'il vous plaît madame ?

— Bien sûr, allez-y. Il s'agit d'une recette que j'ai inventée, ils vous plaisent ?

— Oh, j'adore, qu'est-ce que c'est bon !

— Mais pourquoi bergenotes ? Ajoute Sam.

– Parce que c'est le lieu-dit, ma maison est sur un terrain qui se nomme « les Bergenots »

— Je trouve ça très joli, et je kiffe les bergenotes !

L'assiette était déjà vide, les tasses de chocolat étaient abandonnées sur la table. Clara sortit de la pièce et revint avec les vêtements séchés.

— Bon, les filles, voici vos tenues. À l'avenir, prenez-garde et ne vous aventurez plus sur le lac. Il n'y aura pas toujours une passante pour vous récupérer !

— Une passante, mon œil, murmura Amélie.

— Que dis-tu ? demanda Clara.

– Non, rien. On va rentrer chez nous. Vous pouvez nous ramener, s'il vous plaît ?

Clara déposa les filles chez la grand-mère de Sam. Elle riait toute seule en regagnant sa maison quand elle croisa à nouveau madame Jacquet. En poussant sa porte, elle perçut la sonnerie de son biper, elle se précipita sur le tabletor.

Un homme était en train de kidnapper un enfant. Elle fila dans la chambre du fond et, après avoir passé une carte magnétique sur ce qui semblait être un portrait, la cloison s'ouvrit. Elle pénétra dans une pièce étroite, franchit un genre de tunnel en verre, tourna sur elle-même et se retrouva en combinaison rouge. Des lunettes noires sur les yeux, un bandeau vert connecté sur le front, elle s'envola soudainement dans les airs, puis disparut.

Ainsi va la vie des super héros !

Singularités gourmandes :

Les recettes

1 - Les apéros d'Ingrid

Les verrines

Verrines rouges et vertes :

Crème de betteraves rouges pour 10 verrines

- 2 betteraves cuites (taille moyenne)
  découpées en cubes
- sel, poivre, curry, piment (à volonté)
- crème de soja
- 2 cuillères à soupe de poudre d'amandes

Placez les ingrédients dans un bol et mixez-les jusqu'à obtention d'une crème lisse et sans grumeau.

Versez jusqu'à moitié des verrines.

Crème de petits pois (pour 10 verrines)

- Une boîte de petits pois au naturel de 450 g ou 500G de petits pois surgelés que vous faites cuire.

Égouttez et mixez-les avec : sel, poivre, menthe, un peu de fromage blanc épais.

Remplissez quelques cms par-dessus la crème de betteraves

Terminez en mettant un peu de feta écrasée et des feuilles de menthe.

Verrines colorées :

- 3 belles tomates
- persil
- 4 œufs
- sel, poivre
- un peu de mayonnaise

Cuire les œufs durs

Lorsqu'ils ont refroidi, écalez et séparez les blancs des jaunes. Émiettez séparément. Coupez les tomates en petits cubes.

Au fond des verrines, versez d'abord du blanc émietté, ajoutez un peu de mayonnaise. Puis tomates en cubes et persil, terminez par les jaunes. Poivrez légèrement et décorez à votre guise : brin de persil, fleurs comestibles…

Verrines tutti légumes

- 80 g de quinoa cuit assaisonné d'un peu d'huile d'olive et de vinaigre balsamique
- 80 g de crème d'ortie ou de fanes de radis, carottes ou betteraves, il vous faudra 200 g de feuilles environ, un peu de crème de soja, sel poivre.
- quelques radis
- des germes de soja ou de lentilles
- Crème d'orties ou de fanes :

Fondre les feuilles bien lavées doucement dans une casserole. Salez poivrez. Les mettre dans un bol avec 10 cl de crème soja et mixer en purée.

Au fond des verrines, mettre en premier le quinoa.

Ajouter la crème de feuilles, remettre une couche de quinoa, puis des radis émincés et enfin décorez avec des germes de soja. Décorez de quelques fleurs.

Verrines fraîcheur

- Radis roses, une botte
- Tomates cerise rouges et jaunes
- Basilic
- fromage frais ail et fines herbes
- huile d'olive
- 4 biscottes
- un peu de vinaigre balsamique

Lavez les tomates cerise et coupez-les en deux. (gardez une tomate entière pour le dessus des verrines) Faites de même avec les radis.

Dans un bol, mélangez le fromage ail et fines herbes avec le basilic ciselé et les biscottes écrasées. Vous obtenez des miettes.

Tapissez le fond des verrines (sur un centimètre)

Préparez une vinaigrette, huile et vinaigre, sel, poivre.

Dans les verrines déposez une couche de radis, une couche de tomates, versez un peu de vinaigrette, puis encore une couche de radis, terminez avec une tomate cerise et une feuille de basilic.

Crème au fromage blanc pour tremper les légumes et les crackers :

- Un pot de fromage blanc de 250 g
- 3 cuillères à soupe de crème fraîche
- sel, poivre, paprika, persil, ail, thym
- Une cuillère à soupe de vinaigre balsamique
- Une cuillère à soupe d'huile d'olive
- Une cuillère à soupe de sauce soja

Mélangez tous les ingrédients, rectifiez le sel.

Excellente pour tremper les bâtons de carotte, concombre, céleri, chou-fleur…

Crackers

- 100 g de farine blanche
- 200 g de farine complète
- 1 cuillère à café de sel
- 100 g de mélange de graines : Pavot, sésame, tournesol :
- 100 g de crème fraîche
- 1 cuillère à café de levure chimique
- 10 cl d'eau

Facultatif : On peut ajouter 70 g de fromage râpé
Préchauffez le four à 180°

Mélangez tous les ingrédients dans l'ordre. Formez une boule, la laisser reposer 1 h au frais.
Étalez entre deux feuilles de papier sulfurisé.

Découpez des carrés ou des losanges.
Cuire environ 25 min au four. Les crackers doivent être croustillants, ils se conservent 3 semaines dans une boîte métallique.

On peut varier les assaisonnements : piments paprika pour un goût piquant, fromage bleu et noix ou roquefort. On peut aussi remplacer la crème fraîche par un fromage frais ail et fines herbes.

2 - Les pestos aux herbes sauvages de Clémence

Pesto à l'ail des ours

Pour un bocal 4 personnes environ

- 100 g d'ail des ours frais
- 30 g pignons de pin ou de noix de cajou
- 4 cl d'huile d'olive
- parmesan ou pecorino râpé (environ 30 g)
- sel

Lavez les feuilles, les sécher rapidement. Les ciseler très finement (le mixeur a tendance à faire une bouillie).
Mixez les pignons ou cajou.
Tout mélanger avec l'huile d'olive, saler. (L'huile doit recouvrir l'ensemble)

Conservez au frais, et consommez assez rapidement.

Pesto d'ortie

Pour un bocal (4 personnes)

- 60 g de feuilles d'orties
- 1 cuillère à soupe de jus de citron
- 1 gousse d'ail
- 30 g de noix ou de noisettes
- 6 à 8 cl d'huile d'olive
- sel
- parmesan (une cuillère à café)

Lavez les feuilles d'ortie, séchez-les sur un torchon.
Mixez-les au robot avec la gousse d'ail et le citron.
Ajouter l'huile, le sel et le parmesan à la fin.

Conserver au frais. Consommer rapidement.

Tartines aux herbes sauvages

Pour 6 personnes

- Une douzaine de croûtons grillés frottés d'ail frais
- Une poignée d'égopode
- Une poignée de feuilles de pissenlits
- Sel, poivre
- Quelques tomates séchées et un peu d'huile
- Un fromage à tartiner style tartare ou Saint-Moret (ou faire son fromage végétal comme Alix)
- Des fleurs de bourrache

Lavez les feuilles d'égopode et de pissenlit. Les ciseler et les fondre dans un peu d'huile. Ajouter un peu d'eau et laisser mijoter 10 minutes à couvert.
Saler, poivrer (un poivre corsé).

Faire réduire pour évaporer le liquide. Passer à la passoire.

Sur le pain, étaler une couche de fromage, quelques tomates séchées (en enlevant l'huile) et étaler par-dessus les herbes cuites et refroidies.

Décorer de fleurs comestibles.
Déguster aussitôt.

Amusez-vous à griller des tranches de pain, passez à l'ail, étalez un peu de pesto ou de moutarde, d'houmous, etc. et posez dessus, des rondelles de tomates, des anneaux d'oignons rouges, de la roquette, etc.

3 - La soupe aux orties de Blanche

Pour 4/5 personnes

- 500 g de feuilles d'orties (on met des gants pour la cueillette et le lavage)

- 1 ou 2 grosses pommes de terre (Bertheline ne connaissait pas encore ce délicieux tubercule. Elle épaississait sa soupe avec de la farine ou du pain rassis, mais les descendants de Blanche mirent rapidement une ou deux pommes de terre !)

- 1 litre d'eau parfumée selon Blanche : on fait bouillir quelques heures aromatiques pendant 5 minutes, sel, poivre. Mais sinon, on jette un cube tout prêt !

- 2 cuillères de crème (Blanche ajouta la crème à la fin de sa vie, car elle avait épousé Gontrand qui possédait 2 vaches)

- 1 oignon
- Un peu d'ail
- un peu d'huile (d'olive)

Bertheline épluche l'oignon, l'émince, y met l'ail et fait suer dans l'huile du chaudron.
Elle ajoute les feuilles d'orties ciselées, le bouillon de Blanche.
De nos jours, on ajoute les pommes de terre en morceaux et on sale et poivre.
Tout cela mijote gentiment pendant 40 à 45 minutes.
À l'époque de Bertheline et de Blanche, on la dégustait ainsi, avec quelques vieux croûtons qui s'imbibaient.

Nous, les descendants de Blanche, la moulinons. Nous pouvons verser la crème fraîche et garnir de petits croûtons aillés

Bon appétit !

4 - La tarte à tout d'Hector

Faire tout d'abord une pâte brisée avec :

- 200 g de farine
- un demi-verre d'eau
- 120 g de margarine
- un peu de sel

Chauffez le four à 180 degrés

Mélangez les ingrédients à la main ou au robot.
Faire une boule, laissez reposer une heure.

Pendant ce temps, comme Hector, faites le tour des légumes cuits traînant dans le réfrigérateur ou dans votre cellier : épinards, côtes de bette, carottes, chou-fleur, asperges, courgettes, tomates, etc. Ils varieront selon la saison !

Faites cuire vos légumes, à la vapeur ou à l'étouffée. Coupez-les en cubes ou lamelles. Réservez.

- 3 œufs
- un petit pot de crème
- sel, poivre, muscade

Ajoutez éventuellement du fromage râpé, mais ce n'est pas indispensable !

Cassez les œufs dans un saladier, ajoutez la crème, les assaisonnements, bien mélanger.

Ajoutez les restes de légumes et mettez-les dans le mélange œufs/crème. Bien amalgamer le tout.

Étalez la pâte au rouleau, la poser sur un moule préalablement beurré (ou chemisé d'un papier cuisson). Piquez le fond et versez le mélange.

Enfournez pour 30/40 min selon votre four.

Dégustez chaud !

Ce sera encore meilleur avec une salade verte ou quelques crudités.

5 - Le bourguignon de Lætitia

Pour 6 personnes :

- 3 ou 4 carottes
- 4 échalotes, 1 oignon
- 2 belles gousses d'ail
- Un peu d'huile d'olive
- 300 g de champignons de Paris (ou mélange champignons de Paris et champignons des bois)
- 200 g de châtaignes (précuites)
- 2 cuillères à soupe de farine
- 350 ml de vin rouge
- Une petite boîte de concentré de tomates
- Un peu de sauce soja
- Sel, poivre, muscade, paprika

Épluchez et coupez les échalotes, l'oignon, l'ail, les carottes et les champignons.

Chauffez l'huile dans le faitout, faites revenir 5 min avec les carottes en morceaux et les champignons.

Ajoutez la farine, faites bien revenir, puis verser le vin rouge. Portez le tout à ébullition. Ajoutez ensuite, le concentré de tomates, la sauce au soja, les épices salez et laissez mijoter 30 min.

Mettez les châtaignes avant les 5 dernières min de cuisson

Si la sauce est un peu trop acide (tout dépend du vin) n'hésitez pas à ajouter une cuillère à café de sucre ou de sirop d'érable.

Servez avec des pâtes ou une purée de pommes de terre

6 - Omelette sans œuf aux champignons d'Amédée

Pour 6 personnes

- 150 g de champignons de Paris (ou des champignons secs, préparés auparavant)
- 1 oignon jaune
- 300 ml de lait végétal (non sucré)
- 125 g de faine de pois chiche ou de maïs
- 1 sachet de levure
- 1/2 cuillère à café de bicarbonate de soude
- 1 cuillère à café de vinaigre de cidre
- 1 pincée de curcuma
- sel, poivre

Dans un saladier, mélangez la farine de pois chiche avec la levure, le curcuma, le bicarbonate.

Ajoutez le vinaigre de cidre, puis le lait végétal. Bien remuer, salez, puis poivrez.

Réservez au frais. Pendant ce temps vous coupez l'oignon, faites revenir les morceaux dans un filet d'huile d'olive ou autre. Faites aussi rissoler les champignons, les cuire pendant 10 min. Versez ensuite la préparation comme pour une omelette, cuisez à feu doux 10 à 15 min.

Dégustez-la comme Amédée avec une bonne salade de pissenlit !

7 - Le tian butternut/pomme de terre de Boris Brad Pitt

- 2 cubes pour préparer un bouillon végétal
- 10 cl d'eau
- Une moitié de courge butternut
- Environ 4 ou 5 pommes de terre moyennes
- 1 oignon
- 1 gousse d'ail
- Huile d'olive
- Herbes de Provence
- Sel et poivre

Lavez et épluchez les légumes. Retirez les pépins de la courge.

Coupez des tranches fines de butternut (demi-lunes). Coupez aussi les pommes de terre en tranches fines

Chauffez le four à 180°

Faites bouillir l'eau et diluer les carrés bouillon dedans.

Frottez votre plat avec la gousse d'ail, puis huilez-le.

Disposez les tranches de légumes en alternant butternut pomme de terre, cela doit être joli a dit Boris à sa mère.

Arrosez un peu avec l'huile d'olive.

Versez le bouillon par-dessus les légumes.

Saupoudrez d'herbes de Provence, sel, poivre.

Enfournez en couvrant d'un papier sulfurisé pour environ 25 min.

Au bout de ce temps, sortez votre plat, arrosez les légumes avec le bouillon qui est au fond du plat et remettez au four une vingtaine de min, sans couvrir.

Vérifiez que les légumes sont bien cuits, sinon, enfournez quelques min supplémentaires !

On peut faire ce plat avec des patates douces, courgettes en été (comme sur la photo), ou autres courges.

8 - Le gratin Joséphine

Pour un plat carré 6 personnes

- 800 g de pommes de terre
- 2 verres de lentilles vertes
- 200 g de champignons frais
- 6 saucisses végétales dont le goût fumé apporte un petit plus ! (style knacks végé)
- Herbes de Provence, ail, poivre
- 150 ml d'eau et un demi-cube de bouillon végétal préparé à l'avance.

Mettez tremper les lentilles 10 heures avant la préparation

Préchauffez le four à 190°

Nettoyez et cuisez les champignons. Ajoutez un peu d'ail au mélange.
Cuisez les lentilles à l'eau bouillante 20 min
Moulinez les saucisses et les champignons (pas en bouillie !)
Ajoutez les lentilles au mélange, plus la moitié des herbes de Provence, ail et poivre. Réservez.

Épluchez et précuisez les pommes de terre à la vapeur (15 min)

Coupez en lamelles de 5 mm et en disposer une couche d'environ 2 cm au fond du plat préalablement beurré ou huilé. Saupoudrez d'herbes de Provence.

Étalez sur le dessus le mélange de farce lentilles/saucisses/champignons en une bonne couche.

Étalez ensuite le reste des pommes de terre en lamelles. Terminez les herbes de Provence. Versez un peu du bouillon sur le dessus (la moitié).

Passez au four au moins 30 à 40 min. Si le liquide vient à manquer, versez le reste du bouillon.

Dégustez avec une salade verte, un plat unique qui convient à tous !

Le mélange lentilles, saucisses, champignons peut aussi servir de farce pour des tomates ou pommes de terre farcies !

9 - Flan tomates cerises, emmental façon clafoutis de Joséphine

Pour 6 personnes, un plat ou 6 beaux ramequins

- 250 g de tomates cerises
- 100 g d'emmental râpé
- 4 œufs
- 20 cl de crème fraîche semi-épaisse
- 4 cuillères à soupe de farine
- 25 cl de lait
- Un peu de beurre pour les moules
- sel, poivre, basilic selon l'envie ou romarin

Préchauffez le four à 190°

Dans un saladier, battre les œufs, y mettre la crème fraîche et la farine. Bien mélangez (avec amour !).
Ajoutez le lait, le sel, le poivre, l'emmental râpé.
Si vous mettez du basilic frais, le ciseler et le saupoudrer à ce moment (ou le thym)

Mélangez l'ensemble.

Beurrez votre moule (ou les moules individuels), répartissez les tomates cerises dans le ou les plats, versez le mélange de manière à bien recouvrir.

Faites cuire environ 30 min pour les ramequins et 40 min pour le grand plat (selon le four !)
En entrée chic été ou plat du soir avec une salade.

10 - Les galettes de Joaquina

Pour environ une quinzaine de galettes

- 100 g de flocons d'avoine
- 100 g de couscous (gonflé avec du bouillon de légumes)
- 65 g de quinoa, blé ou petit épeautre préalablement cuit
- 1 gros oignon (rouge de préférence)
- 2 ou 3 carottes (ou courgette) râpées
- 100 g de fromage râpé (gruyère, emmenthal)
- 2 cuillères à soupe de crème fraîche
- Sel, poivre, épices au choix (Joaquina aime ajouter du paprika)
- Farine pour lier, environ 2 cuillères à soupe

Mélangez tous les ingrédients, la pâte doit être suffisamment épaisse pour former des galettes non collantes.
Laissez reposer 30 min au réfrigérateur.

Versez de l'huile dans une poêle antiadhésive, déposer plusieurs tas. Laissez cuire 3 à 4 min avant de retourner. Les galettes doivent avoir la taille approximative de blinis ou plus petites.
Opérez de cette façon jusqu'à la fin de la pâte.

Disposez dans un plat, elles peuvent se préparer d'avance et réchauffées au four.

Servez, comme Joaquina, avec un coulis de tomates épicé, ou avec une sauce fromage blanc aux herbes et une salade verte, ou de crudités.

11 - Les craquants au fromage de Maxence

Recette des craquants au fromage (pour une vingtaine de craquants)

- 120 g de tofu soyeux
- 6 à 7 cuillères à soupe de farine
- 120 g de fromage râpé, emmenthal, gruyère, comté, tome de brebis… (on peut mélanger plusieurs fromages, la mère de Maxence, Mireille, adorait varier les goûts)
- Herbes de Provence ou juste un brin de persil
- Sel, poivre

Dans une jatte, mélangez tous les ingrédients pour faire une pâte.

Chauffez une poêle avec de l'huile de pépins de raisins, verser une cuillère à soupe du mélange en plusieurs tas. Laisser frire 2/3 minutes, retournez et laissez à nouveau cuire.

Renouvelez l'opération jusqu'à ce qu'il n'y ait plus de pâte dans la jatte.

À déguster chauds avec une salade de crudités, carottes, céleri ou tomates/concombres.

12 - La terrine végétale de Mamie Yo

Pour une terrine pour 12 personnes

- 200 à 210 g de lentilles brunes ou vertes à tremper la veille
- 1 cube de bouillon de légumes
- 100 g de chapelure
- 1 c à soupe de maïzena
- 3 c à soupe d'huile
- 2 œufs
- Épices : sel, poivre, muscade, cannelle et 4 épices, herbes de Provence
- Un mélange de 150 g de noix, noisettes et graines de sésame hachées.
- 1 c à soupe d'Armagnac

Faites cuire les lentilles (cube dans l'eau de cuisson), laisser refroidir 5 min.

Préchauffez le four à 190°

Dans un saladier vous mélangez les lentilles cuites, la chapelure la maïzena, les œufs, les aromates, l'armagnac et l'huile.

Mixez le tout pour bien amalgamer.
Ajoutez le mélange noix, noisettes, sésame, ou autre arachide.
Versez dans un moule soit moule à cake, soit moule à terrine. Couvrir de papier alu.

Cuisez au four au moins 30 min, ôtez ensuite le papier d'alu et remettre au four 15 min.
Laissez refroidir. Mettez au réfrigérateur.

L'idéal est de préparer cette terrine la veille.
Mémé changeait volontiers ses assaisonnements. Tantôt, elle mettait du poivre vert en grains (une cuillère à soupe), tantôt, elle y mettait du piment (d'Espelette) ou des tomates séchées. Elle a même remplacé les noix par des champignons !

À déguster avec une salade, une mayonnaise ou un coulis de tomates.

13 - Les lasagnes de Philomène

Pour 4 personnes :

Pour le côté vert :

- Une poignée d'épinards
- Un poireau moyen
- 250 g de champignons de Paris
- Persil
- Un oignon
- De la sauce au soja

Pour le côté rouge :

- Un poivron
- Une boîte de sauce tomate (ou tomates concassées)
- Un oignon
- Une belle carotte

Pour la sauce (qui sera partagée en deux doses)

- 35 g de fécule maïzena
- 600 ml de lait de soja
- Un peu d'huile
- Muscade, sel, poivre
- Un paquet de lasagnes

Épluchez les légumes, émincez-les.
Dans une casserole, faites fondre les morceaux de poireaux, les champignons, l'oignon. Après un moment, ajoutez la sauce au soja et un peu d'eau. Laissez mijoter 10/12 min.
Ensuite, ajoutez les épinards et le persil, laissez à nouveau 3 min.

Dans une seconde casserole, faites revenir le poivron émincé, la carotte, l'oignon. Ajoutez la sauce tomate, salez et laissez cuire. Les légumes doivent être tendres.

Préparez la béchamel en mélangeant tous les ingrédients dans une casserole. Tournez au fouet, jusqu'à ce que la sauce épaississe. Ensuite, verser la moitié du contenu dans la casserole de légumes verts, puis l'autre moitié dans la casserole contenant les légumes rouges.

Huilez votre plat et alternez contenu vert, lasagnes, contenu rouge, lasagnes jusqu'à ce que le plat soit rempli.

Sur la dernière couche de sauce, vous pouvez saupoudrer du fromage râpé.

Si vous désirez plus de fromage râpé, saupoudrez-en entre chaque couche

Cuire au four 180, 190° pendant 30 min.

14 - Le paméli de Paméla

Pour 4 personnes

- 3 tomates
- Un paquet de tofu nature
- Un oignon
- Un bouquet de persil
- 50 g de graines couscous et un cube de bouillon de légumes
- Coriandre fraîche (facultatif)
- Poudre à Colombo
- Sel poivre

Lavez et coupez les tomates en grosses rondelles épaisses. Émincez l'oignon et ciselez le persil.

Dans une poêle à bords hauts, faire revenir les rondelles d'oignon. Ajoutez les tomates, faire mijoter doucement.
Coupez le tofu en dés, roulez-les dans le mélange de poudre à Colombo. Ajoutez-les dans la poêle. Couvrez. Baissez le feu.

À part, faites chauffer 250 cl d'eau. Versez sur le cube dans un bol. Une fois le cube fondu, versez le liquide sur le couscous et laissez gonfler 10 min.

Lorsque le couscous est bien gonflé, ajoutez le persil, le sel et le poivre (la coriandre fraîche)

Déposez les céréales sur le mélange tomates tofu oignon. Laissez 5 min et servez.

15 - Les samossas de Frédégonde
Simplissime !

Avec un paquet de feuilles de brick, vous préparerez 16 samosas ;

Un bocal de pesto genovese de 190/200 g

170 g de fromage râpé de votre choix (Comté, emmenthal, gruyère… mais aussi tome de brebis ou de chèvre)

Dans un saladier, mélangez le pesto au fromage râpé pour former une pâte.

Coupez les feuilles de brick par le milieu, vous obtenez deux demi-cercles. Pliez le bord arrondi vers l'intérieur, déposez une cuillère à café de mélange pesto-fromage et pliez en triangle jusqu'en haut. Veillez à bien les rouler et bien les fermer, sinon ils couleront durant la cuisson !

Reproduisez la manœuvre pour les 16 samossas.

Les poser sur du papier cuisson une plaque qui va au four et enfournez 10 minutes à 180°

Dégustez-les chaud avec une salade verte (roquette)

Pour un petit souper entre amis !

16 - Le pataton de Mémé

Pour un plat de 6 personnes

1 heure de cuisson à 200°

- 800 g de pommes de terre (spéciales vapeur, c'est préférable)
- 25 cl de crème fraîche allégée (mais pas chez Mémé, elle mettait de la crème entière de la ferme !)
- 4 œufs
- Un peu de noix de muscade, sel et poivre (on peut ajouter du persil, ciboulette, thym, etc.)
- On peut ajouter du gruyère râpé, mais Mémé n'en mettait pas !

Préchauffez votre four à 200 °

Épluchez et lavez les pommes de terre
Râpez-les en tranches fines (mandoline).

Dans un saladier, mélangez, les œufs, la crème,
les assaisonnements. Réservez.

Beurrez un moule rectangulaire, tapissez le
fond et les bords de rondelles de pommes de
terre. Puis faites bien chevaucher au fur et à
mesure du remplissage. Versez la préparation
par-dessus.
 Enfournez au moins une heure. Ne pas hésiter
à couvrir si le dessus devient trop foncé.

Ce gâteau de patates est délicieux froid aussi.
Mémé le préparait même pour les pique-
niques !

17 - Le buddha bowl de Rose-Assomption

Pour 4 assiettes croquantes et fondantes :

- 2 courgettes moyennes
- 1 boîte de champignons ou champignons frais. Épices mélange carry
- Un grand verre de riz noir ou tricolore, à cuire préalablement (on peut aussi mettre du riz complet, du sarrasin ou du quinoa)
- Du poivre fumé de Tellicherry ou un poivre corsé.
- Une botte de radis (gardez les fanes pour un velouté ou pour assaisonner une sauce)
- 2 oignons rouges, quelques feuilles de basilic
- 10 tomates cerises
- 1 gousse d'ail
- 1 œuf

Sauce cacahuète

- un verre de cacahuètes nature à mouliner ou
  3 cuillères à soupe de beurre de cacahuètes
- 2 gousses d'ail
- une petite brick de lait de coco 20 cl
- 2 cuillères à soupe de sauce au soja
- 1 cuillère à soupe de miel

Sauce tzatziki

- 1 concombre
- 300 g de yaourt traditionnel grec
- 1 cuillère à soupe d'huile d'olive
- 1 cuillère à soupe de jus de citron
- 2 gousses d'ail
- Aneth, menthe, sel, poivre

Cuisez le riz, ou sarrasin ou quinoa, cuisez aussi les champignons frais. Coupez les courgettes en rondelles, ou en cubes et faites revenir à la poêle avec oignons et ail. Salez, poivrez.

Disposez tous les ingrédients dans une grande assiette, il faut que ce soit joli !

Avant de servir, vous pouvez placer un œuf au plat sur les légumes

Préparez les sauces et en verser une grosse cuillère de chacune d'elles sur les assiettes. Décorez à votre guise !

18 - Les faux fromages d'Alix

Le fromage frais ail et fines herbes style Brousse

Pour un bol de fromages :

- 1 litre de soja
- 40 ml de vinaigre de cidre
- 40 ml de jus de citron
- 2 cuillères à soupe de levures maltée
- 1 cuillère à soupe d'huile d'olive
- Sel poivre, ail, ciboulette, thym, persil
- une étamine

Versez le lait de soja dans une casserole. Amenez à ébullition. Arrêtez le feu, versez le vinaigre et le jus de citron. Cela va cailler, mais attendez au moins 15 min.

Déposez une étamine au fond d'une passoire au-dessus d'un saladier. Versez le lait caillé et laissez filtrer pendant une heure, jetez le liquide du dessous et posez un poids sur l étamine fermée. Mettez au frais au moins 3 heures.

Ôtez le faux fromage de l'étamine et assaisonnez à votre convenance. Servez comme un fromage frais ou utilisez en assaisonnements pour une quiche, par exemple.

Le faux gouda

- 80 g de noix de cajou
- 4 cuillères à soupe de levure maltée
- Ail, oignon en poudre
- sel, poivre,
- 400 ml de lait de soja
- 8 cuillères à café d'agar-agar
- 5 cuillères à soupe d'huile (pépins de raisin)
- 2 cuillères à soupe de miso blanc ou brun
- 2 cuillères à café de jus de citron
- 1 cuillère à café de concentré de tomate
- facultatif : cumin, piment

Mixez ensemble les noix de cajou, la levure maltée, l'oignon, l'ail et le sel.

Mixez ensemble le lait de soja avec l'huile et l'agar-agar. Ajoutez le miso, le citron et le concentré de tomate. Mixez et versez dans une casserole, chauffez et faites épaissir.
Remixez ensuite avec le premier mélange cajou. Versez dans un moule rond, ajoutez les épices.

Laissez prendre au moins deux heures avant de déguster.

Faumage aux graines de tournesol

- 70 g de graines de tournesol
- 140 ml d'eau
- 3 cuillères à soupe de levure maltée
- 1 cuillère à soupe de jus de citron
- 1 cuillère à soupe d'huile d'olive
- ail en poudre
- sel, poivre, herbes de Provence
- 2 cuillères à café d'agar-agar

Trempez les graines pendant au moins 1 heure.
Mettez tous les ingrédients dans un blender
(sauf les herbes)

Versez dans une poêle, chauffez et réduisez pendant au moins 3/4 min, cela doit faire une boule et se détacher des bords.

Versez dans un moule et laissez refroidir quelques heures. Saupoudrez des herbes de Provence et servez avec une salade verte.

19 - Les sablés de Lætitia

Pour environs 25/30 sablés

- 250 g de farine
- 150 g de beurre mou
- 150 g de sucre
- 1 pincée de sel
- 2 jaunes d'œuf
- un peu de poudre de vanille ou un zeste de citron

Travaillez rapidement le mélange farine, beurre, sucre et sel. Ça devient sableux, ajouter alors les deux jaunes d'œuf et faire une belle boule homogène.

Laissez la boule au frais pendant une heure. Sortez-la, étalez et découpez des formes à l'emporte-pièce.

Cuisez 15 min environ à 180 degrés (thermostat 6)

Lorsqu'ils ont refroidi, vous pouvez les glacer avec un mélange sucre glace et eau. (100 g de sucre glace, 2 cuillères à soupe d'eau ou eau et kirsch)

Laetitia en cuit de nombreuses plaques au moment de Noël, elle en offre à ses amies !

20 - Les bergenotes de Super Clara

Pour une vingtaine de gâteaux

- 250 g de beurre mou
- 170 g de sucre
- 3 œufs
- 350 g de farine (Super Clara aime particulièrement le goût de la farine de petit-
épeautre)
- une pincée de sel
- un sachet de sucre vanillé
- Parfois, elle ajoute une cuillère de pâte de
pistache pour un goût plus prononcé !

Dans un saladier, mélangez le sucre (plus sucre vanillé), le beurre et le sel, travaillez en pommade. Ajoutez les œufs un par un, bien mélangez et versez la farine.

Mélangez le tout. La pâte doit être collante.

Clara la laisse toujours reposer au frais au moins 30 min.

Chauffez le four à 180°

Faites de petits tas espacés sur un papier sulfurisé ou mieux, dans un moule compartimenté.

Cuisez environ 10/15 min, ils sont dorés dessous, mais pas dessus.

Elles se conservent un mois dans une boîte métallique.

Mais chez super Clara, ils ne durent jamais aussi longtemps !

Vous pouvez « chocolater » les bergenotes, pour cela, versez 70 g de chocolat en poudre dans la pâte et une grosse cuillère de pâte à tartiner au chocolat !

21 - Crème au chocolat façon « Danette » de Joséphine

Pour 4 grosses verrines ou 6 ramequins

- 1/2 litre de lait
- 70 g de sucre en poudre
- 30 g de cacao non sucré
- 20 g de cacao sucré
  Si vous n'avez que du cacao sucré, mettez-en
  50 g et 50 g de sucre seulement)
- 25 g de maïzena
- 2 cuillères à soupe d'amandes émincées,
  grillées.
- 2 cuillères à soupe de crème fraîche

Mélangez les ingrédients secs dans un bol.

Chauffez le lait et ajoutez le mélange sans cesser de mélanger (fouet). Faites épaissir doucement pendant 5 min. Arrêtez le feu et ajoutez la crème fraîche.

Versez dans les ramequins et laissez refroidir. Mettez quelques amandes effilées sur chaque verrine.

Dégustez avec les bergenotes de Super Clara !

22 - Crème à l'orange de Rose-Assomption

Pour environ 6 portions

- 1 litre de jus d'orange (sans sucre ajouté)
- 30 ou 50 g de sucre (ne pas trop sucrer, car la crème ne serait pas si bonne)
- 40 g de maïzena
- 4 œufs

Dans un saladier, mélangez les œufs et le sucre, mettez la maïzena (bien remuer pour éviter les grumeaux). Ajoutez le jus d'orange tout en fouettant.

Versez dans une casserole et portez à feu doux.

Cela va épaissir, mais surtout, continuez de mélanger (ou touiller, comme dit Rose-Assomption), pour éviter que cela n'attache au fond de la casserole.

Versez dans des verrines, décorez d'orange confite ou d'une rondelle d'orange. Parfois Rose-Assomption ajoute des vermicelles de chocolat ou des fleurs fraîches au moment de servir.

23 - Les crunchies d'Afrique du Sud comme des barres énergétiques à la façon de Rose-Assomption

Pour une plaque de crunchies découpés en carrés (une vingtaine)

- 100 g de beurre fondu ou très mou
- 2 cuillères à soupe de miel semi-liquide
- 3 cuillères à soupe de lait 1/2 écrémé
- 1 cuillère à café de bicarbonate
- 200 g de flocons d'avoine (petits, c'est mieux)
- 100 g de noix de coco râpée
- 20 g de farine de coco
- 50 g de farine de petit épeautre
- 2 cuillères à café de cannelle
- 75 g de raisins secs

Mélangez tous les ingrédients dans un récipient.

Versez la pâte (épaisse) dans un moule rectangulaire (beurré ou chemisé)

Enfournez 30 min à 180 °
Sortez le moule avant que les angles du gâteau ne deviennent trop dorés.
Découpez en cubes pendant que le gâteau est chaud.
On peut ajouter des noix, des noisettes, des cranberries, etc.

Ces crunchies peuvent aussi remplacer des barres énergétiques, il suffit de les découper en rectangles et de les napper de chocolat noir !

24 Sablés à la lavande de Clémence

Pour environ15 sablés

- 100 g de farine T45
- 100 g de beurre
- 50 g de cassonade
- 80 g d'amandes en poudre
- 1 cuillère à café d'huile d'olive
- 1 cuillère à soupe de fleurs de lavande fraîches ou sèches
- 1 cuillère à café de sirop d'agave
- sel

Préchauffez le four à 180°

Mélangez le beurre mou avec la cassonade.
Ajoutez la poudre d'amande, la farine,
mélangez, puis mettez l'huile, le sirop et le sel.

En dernier, incorporez les fleurs de lavande.

Formez de petites boules et si l'on veut, on peut
les aplatir avec une cuillère ou une fourchette
pour un effet « dessin »

Cuisez 10/12 minutes four 180°

25 - Glace à la lavande de Clémence

Pour 4 personnes

- 1 boîte de lait concentré sucré
- 30 cl de crème fleurette
- 1/2 cuillère à café (quelques gouttes) d'essence de lavande
- 10 cl de crème de cassis ou framboise
- Quelques fleurs de lavande

Mélangez le lait concentré sucré avec la crème et l'essence de lavande.

Versez dans un bac et mettre au congélateur.

Mélangez régulièrement (2 ou 3 fois) pendant la prise pour éviter les paillettes.

Pour servir :

Au fond de la coupe, verser un peu de crème de framboise ou cassis.

Ajouter deux boules de glace, quelques fleurs et un sablé à la lavande.

26 - La crème aux fleurs de reine des prés de Clémence

- 50 cl de lait (vache ou végétal, délicieux avec du lait d'amande)
- 6 ou 7 ombelles fleuries
- 100 g de sucre
- 30 g de maïzena
- 2 œufs

Facultatif : 15 cl de crème fouettée ou fraîche

Chauffez le lait en en réservant un verre, mettez les fleurs de reine des prés bien lavées dans la casserole. Montez en température doucement, aux premiers frémissements, fermez le feu et laissez infuser les fleurs 5 min.

Dans un bol, mélangez les œufs, la maïzena et le sucre.

Passez le lait chaud au tamis afin d'en ôter toutes les fleurs. Remettre la casserole sur le feu et ajoutez le mélange œufs/maïzena/sucre en remuant jusqu'à épaississement de la crème. Versez dans des verrines et laissez refroidir.

Vous pouvez faire cette recette avec des fleurs de sureaux ou d'autres fleurs odorantes et comestibles.

Option : Lorsque votre crème est bien refroidie, vous pouvez la battre énergiquement et ajouter de la crème fraîche épaisse ou de la crème fouettée, pour un effet mousse !

27 - Flan au lait d'amande d'Alix

Pour un flan familial

- 1 litre de lait d'amande
- Vanille, une ou deux gousses
- 80 g de maïzena
- 120 g de sucre
- 3 œufs

Préchauffez le four 180°

Mélangez les ingrédients dans l'ordre :
Oeufs et sucre, puis la maïzena et le lait
Ouvrir les gousses de vanille et gratter la poudre
dans le lait.
Chauffez doucement jusqu'à épaississement.
Versez ensuite dans un moule beurré, enfournez
45 min à 1 heure, four 180°

27- Gâteaux à la cannelle de Philomène

Pour une douzaine de gâteaux

- 125 g de sucre en poudre
- 1 yaourt soja nature
- 60 g d'huile (plutôt neutre, pépins de raisin)
- 1/2 cuillère à café de cannelle en poudre
- 165 g de farine de blé T55 ou T45

Pour les rendre craquants :

45 g de sucre blond poudre
2 cuillères à café de cannelle

Dans un récipient, on mélange bien le sucre, le yaourt et l'huile. On ajoute la farine et la cannelle, on mélange, on pétrit.
À part dans un bol, mélangez le sucre et la cannelle pour l'enrobage.
Sur un film de papier cuisson formez des boules de pâte (avec une cuillère à soupe) les rouler dans l'enrobage, et les aplatir sur la plaque. Il faut les espacer suffisamment, car ils vont gonfler à la cuisson !

Les cuire 8 à 10 min à four 180°

« Enivrez-vous ! »

En cadeau, voici la recette du vin de sureau de Mémé. Elle régalait ses invités le dimanche avec ce breuvage incroyable !

Vin de sureau, pour 1 litre :

- 1 litre de vin rosé
- 6 belles fleurs de sureau
- 100 g de sucre
- 1/4 de verre d'alcool à 90°

Mélangez le tout et laissez macérer 1 semaine. Mettre en bouteille, attendre au moins 4 mois avant de déguster frais.

Table des matières

Nouvelles

Ingrid et ses apéros 11

Clémence et les pestos aux herbes sauvages............ 17

La soupe aux orties de Blanche 25

Hector et la tare à tout... 33

Le bourguignon de Laetitia....................................... 41

Amédée et l'omelette sans œufs 47

Boris Bard Pitt et le tian aux légumes...................... 53

Le gratin de Joséphine 63

Les galettes de céréales légumes de Joaquina.......... 71

Mémé et le pataton... 79

Maxence et les craquants au fromage 83

Chez mamie Yo - pâté sans viande aux lentilles 89

Philomène et les lasagnes multicolores.................... 93

Frédégonde et les samossas pesto-fromage 99

Rose-Assomption, le buddha bowl 107

Le paméli de Paméla... 113

Alix et les faux fromages 119

Super Clara et les bergenotes 125

Table des matières

Recettes

Les apéros d'Ingrid - Verrines.................................... 133

Les pestos aux herbes sauvages de Clémence 141

La soupe aux orties de Blanche 145

La tarte à tout d'Hector 147

Le bourguignon de Laetitia 149

L'omelette sans œuf aux champignons d'Amédée 151

Le tian aux légumes de Boris Bard Pitt 153

Le gratin de Joséphine 155

Flan tomates cerises façon clafoutis de Joséphine 157

Les galettes de céréales et légumes de Joaquina........ 159

Les craquants au fromage de Maxence 161

La terrine végétale de Mamie Yo 163

Les lasagnes de Philomène 165

Le paméli de Paméla.. 169

Les samossas de Frédégonde 171

Le pataton de Mémé 173

Le buddha bowl de Rose-Assomption, ... 175

Les faux fromages d'Alix 177

Les sablés de Laetitia 183

Les bergenotes de Super Clara 185

Crème au chocolat de Joséphine 187

La crème à l'orange de Rose-Assomption 189

Les crunchies de Rose-Assomption 191

Les sablés à la lavande de Clémence 193

La glace à la lavande de Clémence 195

La crème aux fleurs de reine des prés de Clémence . 197

Le flan au lait d'amandes d'Alix 199

Le gâteau à la cannelle de Philomène 201

« Enivrez-vous ! » 203

Remerciements

Toute ma gratitude à mes amies Brigitte et Patricia, à ma chère Colette
pour les lectures attentives et les corrections.
À Nathalie pour la mise en page remarquable et la si jolie préface !
À Jean-Marie (Graph'X25) pour son travail précis de finitions,

et à ma fille Stéphanie pour la couverture toujours aussi superbe !

Marie Antonini Auteure :

Ouvrages adultes :

Enfances	nouvelles
Singularités	nouvelles
Singularités, Encore !	nouvelles
Singularités gourmandes	nouvelles et recettes
L'invisible	Récit sur la fibromyalgie
Dessiner des nuages	roman
Une valse à trois temps	roman

Albums enfants de 3 à 7 ans

Petit sapin	album de Noël
Séraphin le lutin	album de Noël
Léontine et l'orage	album
Léontine et la petite varicelle	album

Pièces de théâtre enfants, adolescents, adultes :

le proscenium
la théâtrothèque

ou sur demande : mariemaya.antonini@gmail.com

Site Marie Antonini :
https://sites.google.com/view/marie-antonini-auteure/accueil
ou Qr code :